珠海市电白商会精神文明建设重点项目

我和你的珠海

蔡　旭◎著

中国出版集团公司
華文出版社

图书在版编目（CIP）数据

我和你的珠海 / 蔡旭著. —北京：华文出版社，2022.12

ISBN 978-7-5075-5658-2

Ⅰ. ①我… Ⅱ. ①蔡… Ⅲ. ①散文集－中国－当代 Ⅳ. ①I267

中国版本图书馆CIP数据核字（2022）第142260号

我和你的珠海

WO HE NI DE ZHU HAI

著　　者：蔡　旭
责任编辑：景洋子
出版发行：华文出版社
地　　址：北京市西城区广外大街305号8区2号楼
邮政编码：100055
网　　址：http://www.hwcbs.cn
电　　话：编辑部010-58336252　发行部010-58336202
　　　　　总编室010-58336239
经　　销：新华书店
印　　刷：济南普林达印务有限公司
开　　本：880mm × 1230mm　1/32
印　　张：7.125
字　　数：126千字
版　　次：2022年12月第1版
印　　次：2022年12月第1次印刷
标准书号：ISBN 978-7-5075-5658-2
定　　价：48.00元

自序 PREFACE

珠海，这座浪漫之城、幸福之城，它是在这里劳作与生活的珠海人的；作为百岛之市、南中国海的明珠，它是中国人的；作为中国最早开放的经济特区之一，这座开放包容的魅力之城，它是全人类的。

珠海，是你的，当然也是我的。

早在54年前，我就到了珠海。大学毕业后，我便到珠海的军垦农场劳动。40多年后，退休的我又在此定居，成了新珠海人。珠海在我眼中，在我心中，也应在我笔下。

珠海是一座散文诗般的城市，天然地适合用散文诗来抒写。散文诗是一种兼备诗的凝练与散文的舒放，熔抒情、哲理与内在音乐美于一炉的文体。而我是一个从事散文诗练习半个多世纪，自称“不退休散文诗人”的人。这种“三合一”的相逢，既是一种天赐良机，也是我无法拒绝的诱惑。

6年前，我出版了一本散文诗集《海之珠　珠之海》，抒写了珠海之美及我对珠海之爱。但一本书，怎能倾尽我对珠海之情？近些年，我情不自禁地继续为它吟唱，于是又有了第二本关于珠海专题的散文诗集，我就把它叫作《我和你的珠海》。

一座城市之美，既有普遍性又有独特性，应是说不尽的。一个人对一座城市之爱，也是讲不完的，也会与众相同又有与众不同。要把它们表达出来，当然也会各有发现，各有侧重，各有偏爱。这本书，则是用我的眼光去观察，用我的角度去思考，用我的习惯去表达而作成的。这个“版本”的珠海，只是我眼中的珠海，是我笔下的珠海，肯定未能穷尽它的美，也无法诉尽我的爱。但愿它是众人心中所爱的珠海，又是我笔下独有的珠海。

当然，这本书不是旅游小册子，不是对优美风光、悠久历史、名人盛事、丰功伟业的说明与讲解。它是一本散文诗集，是我的情感、我的智慧对这一切的描画与倾诉。珠海之美与散文诗之美，以及我对它们的爱，应在书中有合适的呈现。

全书按内容分为九辑。“珠海名片”展示亮丽的光环，“珠海名居”追忆杰出的名人，“珠海名园”游览秀丽的风光，“珠海史迹”寻找光荣的史册，“珠城一角”捡拾城市的琐事，“芸芸众亲”感恩身边的凡人，“小区笔记”打开日常的生活，“青春脚印”录下半世纪前的往事，“红色三杰”歌颂闻名全国的革命英雄。其中，“红色三杰”为钟建平先生与我共同创作。它是一部朗诵式情景剧，由于用的是散文诗写法，或许也是散文诗的一种新的形式，因此也取得了入选本书的资格。

本书荣幸地被列入“珠海市电白商会精神文明建设重点项目”，特此存谢！

让我和你一起，为珠海的昨天自豪，为珠海的今天点赞，为珠海的明天贡献我们的能量。

蔡旭，2022年3月，珠海

目 录 CONTENTS

/ 第一辑　珠海名片 /

/ 第二辑　珠海名居 /

/ 第三辑　珠海名园 /

/ 第四辑　珠海史迹 /

/ 第五辑　珠城一角 /

/ 第六辑　芸芸众亲 /

/ 第七辑　小区笔记 /

/ 第八辑　青春脚印 /

/ 第九辑　红色三杰 /

第一辑

珠海名片

珠海的名片

改革开放及建市 40 年，珠海有哪些翻天覆地的巨变?
只说看得见摸得着的，就有许多亮丽的名片——

最浪漫的名片是情侣路。
一边是碧海、蓝天、银滩；一边是青山、绿树、白楼。
100 里的风光，100 里的仙境。
徜徉着情人、家人、亲人，流连着友人、游人、旅人。
轻风传递着千般恩爱，长路流淌着万种风情。

最知名的名片是渔女雕像。
自从 1982 年屹立在香炉湾，就成了城市的标志。
腰系网具，表明了她的以往；手捧珍珠，昭示着她的奉献。
体态婀娜，风姿绰约，一位传说与现实结晶的女神。
她与城市一起，永葆活力与青春。

最古老的名片是宝镜湾岩画。

说它古老，是因为它诞生在 5000 年前。

说它不老，是因为它 1989 年才被发现。

一幅中国沿海史前岩画代表作，史前“珠海的《清明上河图》”。

告诉着 40 多岁的珠海市，60 多岁的珠海县，有着 5000 多岁的珠海人。

最轰动的名片是珠海航展。

也是中国航展、国际航展，位于世界五大航展之列。

代表国际航空航天先进科技主流，展示当今世界的发展水平。

1996 年以来每两年一届，一次次全城空巷，全国蜂拥，全球睁大了眼睛。

见证了世界的东方，一个航空航天强国的辉煌。

最欢乐的名片是长隆海洋王国。

2014 年，珠海有了世界最大的海洋主题公园。

在海洋馆，看 15000 条珍稀鱼同游；在海底餐厅，与鲸鲨等动物共餐。

在新奇的表演中大开眼界；在惊险的体验中挑战极限。

缭乱了双眼，休闲了身心，万众沉浸在欢乐的海洋中。

最开放的名片是横琴“粤澳深度合作区”。

2015 年起，它成了“特区中的特区”。

珠三角核心区最后一块开发中的处女地，迎来了大展宏图的机遇。

“一国两制”的交汇点，内外辐射的结合部。

粤港澳大湾区的明珠，正在冉冉升起。

最艺术的名片是日月贝大剧院。

两只贝壳在野狸岛亭亭玉立，2017 年元旦，成了中国第一座海上大剧院。

日贝，1600 人的大剧场；月贝，500 人的音乐厅。

披着阳光则金光闪闪，洒下月色则晶莹剔透，打开灯光则如梦如幻。

拥抱海洋，面向世界，它与珠海的品位一脉相承。

最惊世的名片是港珠澳大桥。

一桥飞架大海，让珠海成了唯一陆桥连港澳之地。

世界最长跨海大桥，“新世界七大奇迹”之一。

战略性的大桥，创新性的大桥，环保性的大桥，景观性的大桥……

宣告着：世界上再也没有中国造不出的大桥了！

有人说，也许这称得上是“珠海新八景”了。

不过，日新月异的珠海，还会不断涌现出崭新的名片……

（2019 年 3 月，2022 年 3 月）

港珠澳大桥——“课外读本”

一座港珠澳大桥，一部百科全书。

不只是学生，每个人都可以到此收获取之不尽的知识。

地理课：一桥连接港珠澳，成了世界最长的跨海大桥。

内行人称它是桥梁界的“珠穆朗玛”，外国人称之为“新世界七大奇迹”。

历史课：这里倾听过文天祥《过零丁洋》的悲叹，见证过南宋王朝的覆灭。

作为今天与明天的背景，一面镜子鉴出了古今。

语文课：名词、动词、形容词，成语、故事与段子，都在这里闪耀。

叙述、描写、议论、抒情，它的美，却无法用语言来表达。

数学课：全长55公里，建设9个春秋，投资1269亿元……

看得见的是数字，看不见的是心血，则无法计算。

物理课：斜拉桥，大沉管，拍海浪，抗台风，到处都有流体力学。

需要创新的是前所未有的科技，需要保持的是攻坚的毅力与信心。

化学课：钢材、石料、油漆，千变万化的、数不清的化合物。

却无法化验，风雨兼程中的建设者，是什么特殊材料所合成。

生物课：鸟在桥顶飞，鱼在桥下游，鲜花在人工岛绽放。

一切都各得其所，自由，自然，自在，保持着原生态。

外语课：英、日、俄、法、葡、西……大桥上流行着世界各地的语言。

当然，也可以用普通话与粤语，做出最贴切的翻译。

美术课：美在大桥，美在隧道，美在风光，美在色彩，美无处不在。

美景任你画，美图任你采，画笔画不尽，相机拍不完。

音乐课：从雄壮之歌到优美之歌，从交响乐到小夜曲，想唱就唱。

最动听的，是心中之歌，是我和我的祖国。

体育课：健壮的身材，健美的姿势，健康的体魄。

从一个人到一个国家，都应有像这座大桥一样的品格。

政治课：国家工程，国之重器。科技实力，综合国力。

圆梦桥、同心桥、自信桥、复兴桥，自立于世界民族之林的大桥啊！

不只是学生，每个人都可以到此收获取之不尽的知识。

一座港珠澳大桥，一部百科全书。

（2019年3月3日）

珠海航展

最让珠海的宾馆酒店欣喜若狂的是珠海航展。

最让珠海市民又忧又喜的也是珠海航展。

怎能不忧?

到处都是人，客人。到处都是车，外地车。

把通往机场的道路、桥梁塞得满满的，把珠海的宾馆、酒店、商场、大街塞得满满的，塞出一条条冻结的车河，塞成一个个堰塞湖。

怎能不喜?

全中国都在传颂珠海的大名，全世界都在张着羡慕的眼睛。怎不令珠海欢欣鼓舞，怎不叫珠海人喜出望外!

更不要说赚得盆满钵满的宾馆酒店了。

其实，它不叫珠海航展，而叫中国航展。全名是中国国际航空航天博览会。

这样最具国际影响力的航展，全世界也只有 5 个。

一个代表着当今国际航空航天业先进科技的主流，展示着当今世界航空、航天业发展水平的蓝天盛会啊。

1996年揭幕两年一届的珠海航展，2021年已是第13届。

看，蓝天白云间飘扬着五彩烟带，“八一”和“红鹰”飞行表演队带来了目不暇接的精彩与惊险。

在轰鸣中掠过长空的战机群，翻转倒扣，“鹞子翻身”，惊险俯冲，“天女散花”，更有“一箭穿心”的绝技，掀起了观众们狂风般的欢呼与喝彩。

水陆两栖飞机“鲲龙”AG600，这条会飞的船，会游泳的飞机，搭载了9吨水从天而降，刷亮了众人的双眼。

展馆中，国产“20”家族的三代飞机——歼-20、运-20和直-20，聚集了超高的人气。

海军的国产航母山东舰的大比例模型，陆军的无人作战车辆，显示了保家卫国的雄心。

在地面，坦克及履带装甲车、防护型突击车、越野车，演示了爬纵坡、过壕沟等场景，似乎让人走进了“战争大片”。

“嫦娥五号”从月球带回来的国旗、月球土壤和岩石样品，以及新一代载人飞船试验船返回舱，让人们的视野进入了太空……

这一次，参展的有中国、美国、英国、德国、瑞典、瑞士、俄罗斯、加拿大、巴西等近40个国家和地区的700家企业。

签订的合作协议书总值超过125亿美元，成交了各种型号的飞机 159 架。

来自世界各国及地区的 312 家媒体、2630 名记者来到航展现场采访。

一位波音公司高层评价说："中国航展等于活力、科技和全球化视野。"

为了把机会让给远道而来的客人，我只是在电视机前陪伴了这次为期 6 天的航展。

我看到了中国航空航天工业的风采，看到了中国和平崛起的形象，看到了强大祖国的神采。

看到世界航展的地图上，有一个国家叫中国，有一个城市叫珠海。

正是航展改变了这座城，航展托起了这座城。

它改变了这座城市的面貌，注入了蓬勃的生机与无限的活力。

看到一架波音 737-800 客机"青春珠海号"掠过渔女塑像与日月贝上空，掠过这座青春之城、活力之都的上空——

作为珠海人，我深深感到了荣幸，与荣耀。

（2021 年 10 月 20—21 日）

珠海情侣路

走过十里海滩，未见尽头。又走过十里涛声，未见尽头。再走过十里椰风，未见尽头。

欢声笑语的野狸岛说，路在前头。手捧珠宝的渔女雕像说，景在前头。

如鱼得水的海滨浴场说，乐在前头。满载希望的九洲港说，福在前头。

走过青的山、绿的岛，走过左边的林带与右边的楼群，走过不会枯竭的大海与永远不烂的礁石。

这条路太长了，一天又一天，都走不到头。

宽阔平坦的路，蜿蜒曲折的路，风景如画的路，如梦如幻的路，情深意长的路，没有尽头。

即使没有海誓山盟与甜言蜜语，没有心潮澎湃或含情脉脉，甚至不一定要手牵着手。

只要两个人相依相伴，在这里就可以一直从晨曦走到月夜，从生龙活虎走到步履蹒跚。

从面若桃花走到白雪满头。

（2014 年 12 月）

珠海渔女

可以说她土，身上揹着渔网。

可以说她洋，颈上挂着珠链。

最令世界瞩目的，是她那双高举的手，是手上捧着的那颗晶莹璀璨的珍珠。

一位渔女从海边走来，站在香炉湾的一块石头上，成了一座新兴城市的见证。

从渔农社会走向工业化、信息化的见证。

从一个边陲小镇走向中国怀抱中一座明珠城市的见证。

那时我见到她，年轻，漂亮，婀娜的身姿充满活力，可掬的笑容沁人心脾，炯炯的眼神闪烁着希望。

那时我也年轻，也有活力。一晃 30 年过去，我已垂垂老矣。

可是 30 年后我再见她，渔女还是那么年轻，那么漂亮，身姿与笑容不减往日，活力与希望更胜当年。

手捧的那颗珍珠，闪烁着更加耀眼的光芒。

一些东西是可以永葆青春的。

这座渔女雕像是这样。

她所代表的一座城市，更是这样。

（2014 年 12 月）

宝镜湾

珠海市只有 30 多岁，珠海县也才 60 多岁，可是珠海人有 5000 岁了。

这是宝镜湾告诉我们的。

高栏岛宝镜湾的 5 处 7 幅史前岩画，出堂做证。

在藏宝洞东壁的 5 米长、2.9 米高的岩壁上，一支大型船队正在乘风破浪。

大坪石的岩壁上，先民正沿着踏板攀上船头，乡亲们牵着手载歌载舞。

波涛汹涌，白浪滔天啊。同舟共济，激流勇进啊。欢天喜地，庆贺丰收啊。

粗糙的石凿，刻下了先民向海洋进军的激情，凿响了中国海洋文化的先声。

同在宝镜湾，大批玉玦、水晶玦、石圭、石钺、石网坠从沉睡中醒来。

还用一块 37 斤重的石锚，宣告着一项史前纪录的诞生。

在淇澳后沙湾，在三灶草堂湾，在南水大基湾，在唐家大坞环，在拱北关闸西瓜铺，在前山南沙湾，在北水营地山，在斗门缯船埔……

到处是沙丘遗址，到处有陶片、石斧、石凿、石砧、石锛。

夹沙陶片诉说着人类的童年，磨光石斧、彩陶圈足盘、刻划纹白陶豆讲述着新石器时代。

依山面海，防风避浪，天生的风景，天然的选择。

凡有淡水流过的沙滩，都是诗意的栖居地，渔猎与采集的好地方。

现在都说珠海是最宜居城市。其实，5000 年前的珠海人——

早就知道。

（2015 年 6 月）

伶仃洋

想当年，文天祥也是从这里经过。

率领的南宋官兵在这里被元军打败，他的诗，是被俘后囚禁在一条船上写的。

“零丁洋里叹零丁”，望洋兴叹，叹不尽一片丹心随一个王朝被海水淹没的苦痛。

“山河破碎风飘絮”，800年前的耻辱，就随着波涛在这里沉浮。

这一天，我过伶仃洋，坐着大巴车在港珠澳大桥上飞驰。

从伶仃洋上世界最长的钢铁大桥驶过，从伶仃洋下世界最长的海底隧道穿过，从“新世界七大奇迹”的世界最长跨海大桥飞过。

听海风从身边呼啸，看海景在眼前倒着飞跑。

此刻，文天祥和他的诗从脑中一闪而过。

我不禁抬起头，挺了挺胸膛。

我们终于有了这样的大桥。

我们毕竟能造这样别人没有的大桥。

况且，世界上已经没有中国人不能造的桥了。

（2018 年 11 月）

白石街

一条石板街与街口的土炮台，把我带到1833年10月15日，整整180年前。

面对来势汹汹的英国鸦片贩子10多条武装舢板，土炮筒怒吼了淇澳岛的万众一心，打响了中国人自发反对外国资本主义侵略的第一发炮声。

花岗岩条石铺出的1000多米石板街，就是见证。

它是用英国人的3000两白银赔款修筑的。

我脑中，浮现出一部中国近代史，每一页都是斑斑血泪。

每一页都写满了不平等条约，写满了割地、赔款。

而这条白石街，铺写着中国近代以来，因胜利得到的第一笔赔款。

走在白石街上，我不禁油然而生敬意。

真是孤陋寡闻啊，迟至今天来到白石街，我才知道这段历史。

其实许多中国人，还不知道这段历史。

（2013年10月）

会同村

名叫会同村，其实会有许多不同。

三座祠堂，讲着岭南方言。两座碉楼，说出西洋腔调。

灰瓦、青砖、飞檐，典型的岭南风格。方正规矩的三街八巷，西方的规划理念。

清代民居，挂着西式时钟，装饰欧式壁画。室内雕梁画栋，墙外嵌着百叶窗。

这座中西合璧的村庄，早在170年前，就开始与众不同。

村民纷赴港澳与海外谋生。著名的莫氏三祖孙，相继操持香港太古洋行61年，带了1000多个乡亲走出乡门。

一批新兴的民族工商企业，在中国香港、广州、上海、福建风起云涌，推动了中国近代史的进程。

早在1922年，它是全县第一个用电的村子，他们是最早在电影中认识了卓别林的中国村民。

走进这座村庄，可以走进中国近代工商史。

走出去，走出了开放的步伐。留下来，用建筑群记录岁月的脚印。

即使有再多的不同，它还是叫作会同村。

即使花果开遍五洲四海，根还是扎在珠海凤凰山麓。

（2016 年 3 月 13 日）

石福姑

千年万年，这一块无名的巨石就端坐在珠海石景山上。

千人万人，多少年来就从景山公园门口走过，却没人发现她的秘密、她的美。

直到7年前的一天，一粒沙子走进了老作家陈老师的鞋子。他蹲下来的时候，一个奇迹出现了。

一个天然的女神！

瀑布般的长发。端庄的脸庞。

高挺的鼻梁。抿着笑容的嘴。

炯炯有神的眼。甚至，美妙的睫毛！

他不敢相信自己的眼睛。向前走几步，女神还在。当然，走偏一些，女神就消失了。

美，是需要发现的。

发现美，需要时机，需要距离，也需要角度。

陈老师的惊天发现，轰动了全城。千人万人用相机与脚步投票，确认了珠海的又一个名胜。

现在，被陈老师叫作石福姑的女神的名字，就刻在一块石头上。另一块石头，刻着他讲的她的故事。

有人说，她，正是珠海渔女的母亲。

（2016年3月12日）

凤凰南路

凤凰南路坐落在老城区香洲的中心，一条珠海最繁华的老街。

最热闹的是扬名广场。

一座 8 层楼的商城，满载着应有尽有的吃穿玩乐，以及川流不息的笑声笑脸。

最寂静的是烈士陵园。

近百年为国家、为民族献身的先烈，在这里默默地保佑，默默地守望。

两座地标性的建筑，在大街两旁分立，面对面相视，无言地交流。

让商城里喜笑颜开的人们，珍惜幸福的来之不易。

让陵园里不时回眸的先烈，感到奋斗的无怨无悔。

是的，他们当年生活的理想，就是为了人们今天理想的生活……

我经常带着孙子在这条路上走。

凤凰南路似在无声地指引——

你是从哪里走来，又要到哪里去……

奥迪车激起千层浪

一辆白色奥迪小汽车，开进了珠海博物馆一楼的展厅。

有人说它是一块石头，一块能激起千层浪的大石头。

哦，原来它正是当年珠海百万重奖的奖品。

站在它的面前，我脑海里顿时浮现了那条轰动全国的新闻——

那是1992年3月9日，珠海市给三名科技功臣各奖了一套大房子、一辆奥迪车和一大笔奖金。

而面前这辆车，是第二年获得同样奖品的特等奖得主游景玉，向珠海市档案馆捐赠的。

30年前，能有包括轿车、住房这样的紧缺资源在内的百万元重奖，真是破天荒的大事件啊！

岂止是在中国传统体制的一潭死水里，丢下的一块巨石？

站在这块“石头”面前，我仿佛看到它的冲击波从珠海冲向全国，从科技界冲到全社会。

看到珠海又一次吸引了全国甚至全球的目光。

看到一拨拨海内外人才拥进珠海的可喜情景。

看到这块“石头”激起的无穷创造力，在珠海、在全国开花结果。

现在的珠海，也正是它结出的果。

30 年了，它的冲击波还在我的心中激荡。

我想起 30 年前，珠海市市委书记向邓小平汇报重奖科技功臣的打算时，邓公伸出大拇指说：“我赞成！”

感到珠海人真是了不起，真是有胆识，有远见。

改革开放的排头兵，真是名副其实。

现在，这辆奥迪车停在博物馆里，给历史做了见证。

这块“大石头”，也成了一块——纪念碑。

（2022 年 3 月）

日月贝

小的是月贝，60 米高。大的是日贝，90 米高。

也许是世界上最高的贝壳了。

月贝是音乐厅，坐 500 人。日贝是大剧场，坐 1600 人。

也许是世界上最大的贝壳了。

白天，半通透的珠贝耀眼夺目。夜晚，绚烂的珠贝五彩变幻。

贝壳里面，美妙的声音绕梁飘荡。

贝壳张开，敞开胸怀去拥抱世界。

在野狸岛上席地而坐，同渔女雕像隔水相望。

一座浮在海上的歌剧院。

一座新的珠海的城徽。

（2018 年 3 月 22 日）

横琴是一把琴

老年人说，它曾是两把古琴。

就横在南海的碧波上，一个大横琴岛，一个小横琴岛。

千万年来，奏的是山之歌，海之歌，风之歌。

中年人说，后来，它成了一把新琴。

几十年前围海造地，两个岛填成了一个岛。

奏响的是两支歌——

一支美景之歌：山不奇水奇，树不奇石奇，地不奇岛奇；雨后处处是瀑布，块块奇石都是景。

一支美食之歌：横琴蚝一大二肥三白四嫩五脆，还有无核鸡心柿、中心沟鲩鱼，还有知名或不知名的山珍与海味。

年轻人说，现在，它是一把现代化的琴。

正奏响着一曲多乐章、多声部的大合唱，曲名叫“粤澳深度合作区”。

澳门大学横琴校区正书声琅琅，长隆海洋王国已笑语喧天。

粤澳合作产业园、中医药科技产业园、十字门中央商务区、横琴总部大厦、银河娱乐体育休闲度假项目，正热火朝天地推进。

港珠澳大桥伸出的两条手臂，已把三地拢得更紧。

人流、物流、资金流、信息流在此高度聚合，高效流动。

一个汇聚全球吸引力的旅游度假综合体正在建造。

一个21世纪“海上丝绸之路”的重要节点已经确立。

一座现代化城市初露峥嵘。

横琴，一座融古今中外为一体的琴，正在日夜奏鸣。

永无休止符，一部进行曲。

（2022年3月）

东澳岛的色彩

这里的色彩是不是过于单调了?

除了蓝色，蔚蓝的天空;

还是蓝色，碧蓝的大海;

以及一边是伶仃洋一边是南海的与天相接的水天一色的蓝。

除了白色，天上的云朵，种在空中的纯棉;

还是白色，浪涛轻拍的海滩，铺满银光的沙子。

再有就只有绿色了。漫山遍野的小叶榕、小竹子、野菠萝与龙飞凤舞的野藤的世界。

再有就是看不到的无色了。那是透明的空气，只有心肺才能感受到……

这里的色彩着实单调了一些。不过，已经足够了。

这都是原生态的色彩啊，不是人工所能克隆的色彩。

单调得如此丰富，在世界上的许多地方，都很难找得到。

(2018 年 12 月)

名花玉堂春

满树都是花！

为了表示兴高采烈，把绿叶都省略了。

外红内粉，半开半合，有的含笑，有的狂欢。

它是名花玉堂春，又叫木兰花。

长在珠海南屏北山村杨氏大宗祠里，清代同治年间种的，距今 150 年了。

这地方我曾来过多次，它的花容却是第一次幸会。

昨天，挂在身上的灯笼、红包把它映得满面通红。

其实，我想屏蔽那些挂件，只爱它的清纯与淡雅。

也许，它自己也未必喜欢那些身外之物吧？

不过它也别无他法，生来就与喜庆密不可分。

开在元宵前后，花期只有 10 天。

（2018 年 3 月 4 日）

第二辑

珠海名居

陈芳家宅

中国第一位华侨百万富翁的庄园，坐落在珠海梅溪村。

一座陈公祠，三间大屋，一幢洋楼，一间花厅，以及一个香飘四季的花园。

这座 1891 年始建的大宅，用雕梁画栋显示岭南风格，用西洋装饰讲解留洋经历。

这位 24 岁奔赴檀香山的梅溪人，不到 10 年，就凭着血汗与智慧，如明星一般从蔗园与糖厂升起。

成了夏威夷的国会议员，当了王室公主的郎君，后来又被光绪皇帝钦命为清廷驻夏威夷官居二品的领事。

多年之后，成了世界著名作家杰克·伦敦、马克·吐温笔下的传奇，享有美国建国 200 周年百位最有影响外籍人士的荣耀。

1890 年，65 岁的他落叶归根，致力于家乡的公益事业。

于是有了三座闻名于世的梅溪牌坊，那是光绪皇帝为表彰他与亲属对家乡的善举，而两次敕建的。

那中西合璧的艺术造型、恰到好处的力学结构、美轮美奂的雕刻装饰，被誉为石建筑的精品。

如今，约130年过去了，故居与牌坊无疑成了一座博物馆。

讲述着华侨的血泪闯荡史与荣耀的创业史。

讲述着他们对家乡的贡献，以及对世界的贡献。

（2017年3月10日）

容闳故居

正是这里：珠海南屏村西大街三巷 1 号。

说是故居，已经没有“居”了，只留下满目疮痍、疤痕斑驳的半堵残墙。

当年当然是有“居”的。1835 年，7 岁的他从这里前往澳门读书；19 岁又跟随校长去美国留学。

又过 7 年，手捧耶鲁大学毕业证书的他回到这里，成了中国取得美国学位第一人。

荣归故里的他，一直没有修葺他的祖屋。也许，他把甄贤社学当成了他的屋。

1871 年，他捐出 500 两白银，后来又在外寄回 300 两白银，在家乡办起甄贤社学，一间留美预备学校。

又一次从这里走出，是 1872 年。连续四年组织全国各地 120 名，其中珠海当地 24 名幼童赴美留学，成了中国留学教育第一人，被称为“中国留学生之父”。

100 多年过去，故居只剩下半堵残墙，但甄贤社学（后改名为甄贤学校）还在。

学校成了先生的纪念馆，挂着省级文物保护单位和爱国主义教育基地的名牌。

的确，甄贤社学也应是他的“故居”。

每一个来到南屏的人，都会对这间学校，也会对这半堵残墙肃然起敬。

它对“衣锦还乡”做了另类的注解。

一种更令人信服的注解。

（2017年2月26日）

苏曼殊故居

曼殊的所有作品，似乎都与这座房子无关。

那些风格清丽的诗、清逸淡雅的画、动人心魄的小说、清新流畅的翻译，都不是在此诞生的。

都与珠海沥溪村，这座 40 平方米的青砖土木结构的小平房，很难联系在一起。

是的，他出生在日本，只是 6 岁至 13 岁在这里住过。

由于生母与养母是日本人，他在这里遭到了太多的白眼。

13 岁大病一场，竟被扔在柴房等死，于奄奄一息中才捡回一条苦命。

曼殊的所有作品，似乎都与这座房子无关？

其实，认识这位只活了 35 年的诗僧、画僧、情僧、革命僧，真的不可忽略他苦难的童年。

三度与袈裟竹杖为伴，一生在浪迹天涯中寻找温暖，一心向往民主与革命，留下丰富多彩的诗文，都与童年的孤苦、压抑、挫折相关。

他的性情，他的人生，他的作品，都与这座房子相关。

他的多样性，复杂性，丰富性，都与这 40 平方米相关。

今天，珠海苏曼殊文学院在这里挂牌。

人们惊喜地发现，100 多年了，四周如汪洋大海的高楼大厦，并没能把这座平房淹没。

这座小平房，远不止 40 平方米的价值。

这里保存着一位天才苦难的童年。

保存着一位旧文化精华的最后收藏者，新文化曙光的最早呐喊者，和已破与待破的密码。

（2017 年 2 月 25 日）

卢慕贞故居

其实，她还有一个故居，在现在中山市的翠亨村，她当时的身份是孙夫人。

在那里，她养育了一子二女：孙科、孙娫、孙婉。

也曾陪伴身边，跟中山先生为革命国内外奔走。

先生流亡海外 10 多年，她则在家养育儿女，侍奉翁姑。

分担着先生的“造反风险”，解除了先生的后顾之忧。

前台见轰轰烈烈，背后是默默无闻。

无怨无悔，只有对先生及其事业的爱与支持。

人们把珠海外沙村这座砖瓦平房，叫作她的故居。

面阔三间、两进夹一天井的房子，是她父亲建的。

1867 年，她在这里出生，直到 18 岁，被一顶花轿抬走。

30 年后，东京传来晴天霹雳，痛击着她的善良与坚韧。

为了成全孙宋的婚姻，宽广胸怀的她，以一个“可”字做出牺牲。

移居澳门，常回故居小住。身份前加了两个字：“原配”。
依旧默默地又过了 37 年，“孝敬贤淑，闻于乡党”。
无私无愧，也是对先生及其事业的爱与支持。

翠亨村的故居在说：“天下为公，先生夙愿。”
外沙村的故居在说：“大地无私，夫人懿德。”

（2017 年 3 月 28—29 日）

蔡昌故居

这座位于珠海外沙村 91 号的平房，已是危房了。

面阔两间，左间一进，右间两进，是晚清时建的。

这座旧屋里，竟出了一个举世闻名的大商人。

1877 年在此出生的他，小时候是放牛娃，只读了三年私塾。

随兄到澳洲开小店，到香港做生意，积累了资本与经验。

后来创办香港大新百货公司、广州惠爱中路（今中山五路）与西堤两家大新公司。

再后来在上海南京路开办大新公司，那是 20 世纪早、中期全国百货商业之最。

与先施、永安、新新一起，作为中国近现代规模最大的四大百货公司之一，驰名海内外。

他又是对公益事业与家乡建设的热心人。

多次捐助港、穗、沪福利事业，出任香港数家医院董事长及保良局长。

创办慈善福寿帛金会救助乡亲，建起礼和学校免费招收村童入学。

他眼见着，事业一天天旺起来，故居一天天旧下去。

这座位于珠海外沙村 91 号的平房，已是危房了。

好在有关方面正在招标，修旧如旧已提上日程。

好在体现他的人生价值的原址还在，那是他的纪念碑。

就在故居旁边，那座礼和学校六层高的楼房，仍如鹤立。

好在广州的南方大厦、新大新百货，还在货如轮转。

好在上海南京路的第一百货商店，还在傲视商海的风云。

（2017 年 3 月 29 日）

唐绍仪故居

一座两间两层并在一起的楼房，后座为祖父清朝所建，前座由他扩建于 1929 年。

他的故居，还得算上 1910 年建起的私家花园“小玲珑山馆”。

还得算上 1929 年，为纪念母亲而建的私人别墅“望慈山房”。

这座位于珠海唐家湾山房路 99 号的小楼，早就不足以放下他的心胸与梦想。

在此出生的他，只住到 12 岁。

1874 年，作为我国第三批留美幼童，他跟着容闳去美国留学。

归国后，当过驻朝鲜总领事、山东大学校长，后来又当过中华民国首任内阁总理。再后来，又出任中山县县长。

那座山清水秀、奇花异木、亭台楼阁，还建有准备迎接他的同学和美国总统胡佛的山房的园林——“小玲珑山馆”，

1921 年为“与民同乐”而改名为“共乐园”，1932 年宣布赠予唐家乡。

那座“望慈山房”，在他当县长时，成了中山县政府办公室。后来在1989年，他的遗孀与子女把它捐给了唐家镇人民政府，作为老人活动中心。

就这样，这位清末至民国的名人、致力于维护国家主权与外交权益的外交家、推进民主共和的政治活动家、为政清廉的“布衣县长”，成了化私为公的化身。

这三个景点，成了不只属于他自己的故居。

让人们记着，一个不只属于他自己的人。

（2017 年 3 月 12 日）

唐国安故居

堂堂清华大学首任校长的老家就是这样的吗？

就是在鸡山村弯来绕去的陋巷里，一个狭窄的小院；

就是一座青砖土木结构的小平房，还是他父亲建的。

1858 年，他在此出生时是这样；14 岁出洋时是这样；到现在还是这样。

当然，现在更破旧了。

当年，他作为第二批留美幼童，跟着容闳出国读书。

令人惊叹的是，八年后从耶鲁大学归来，有过许多显要的身份，他的故居并没有摇身一变。

不过，只要联想到他的恩师容闳，就明白了。

只要想起他被称为“容闳第二”，就明白了。

作为“中国留学生之父”，容闳连续四年带了 120 名幼童留美；

作为“游美学务处”会办，他录取了 180 名学生并亲送其中 47 名庚款赴美学生。

容闳归国后不修祖屋，却把钱捐去办留美预备学校“甄贤社学”；

他出任清华校长，不修己家，却为经费与校园四处奔波，光近春园及长春园东南隅，就陡增了480亩校园。

一样的荣归故里，另类的衣锦还乡啊！

一个全面引进西学体制，坚持“进德修业，自强不息”的教育方针，开清华百年基业的人，一个55岁心力交瘁倒在校长任上的人，不会被光阴忘记。

2011年清华百年华诞，就在他的家乡建起了他的纪念馆、纪念学校，还迁址复建了他的故居。

虽然故居严格按1∶1修旧如旧，但毕竟是仿建品，只是一个化身。

人们仍然穿过一条又一条小巷，去寻找它的“原件”。

为的是，那里更能看得到一个人的志向，以及理想。

（2017年3月27日）

苏兆征故居

院子很小，院墙是用粗糙的蚝壳垒起的，围出了海岛特色。

房子很矮，一座两间的砖木平房，并一间偏房，祖父留下的。

1885 年，他在这里出生，于偏房度过了 17 年的时光。

同所有的农家渔家少年一样，他亲历了水深火热。

这间屋告诉他钟宝的故事，告诉他钟宝在康熙年间助力施琅收复台湾的英雄气概。

村口的大炮，是钟宝带回家乡的，150 年后在抗英斗争的怒吼，告诉他浑身是胆的力量。

每天走在用英国人赔款修起的白石街上，告诉他扬眉吐气的感受。

不过，这座老屋终于放不下他 18 岁的抱负，淇澳岛因此少了一位农民。

自此，香港的外轮多了一位阅尽风云的杂役；

孙中山的同盟会，多了一位披荆斩棘的成员；

1922年，香港海员大罢工有了一位英勇的指挥者；

1925年，轰动世界的省港大罢工，有了一位杰出的领导人；

1926年，中华全国总工会有了一位众望所归的委员长；

1927年，广州起义的腥风血雨中，有了一位挺身而出的工农民主政府主席；

1928年6月莫斯科的中共六大，中央政治局的五位常委中，有了一位非凡的海员；

直至1929年2月上海病床边，邓颖超记下了他“大家共同努力奋斗”的遗言……

如今，这座简陋的平房，真的装不下他叱咤风云的生命。

好在老屋旁边辟了一座陈列馆，讲解着他光辉的人生。

风尘仆仆的他，在广场上站成一尊铜像。

屹立着，中国现代革命史上，一个永放光芒的身影。

记录着，从一个海岛之子到中国工人运动领袖的征程。

（2017年3月25—26日）

古元故居

这座正门屋檐上彩绘着喜鹊、鸽子、梅花、菊花、寿山石与长寿竹，两边屋檐同样是花鸟灰塑的房子；

这座正厅建有神楼与雕花木屏风的房子；

这座父亲从巴拿马开小杂货店回来，建起的两进夹一天井的青砖平房——

坐落在珠海那洲村，以浓郁的艺术气氛，显得如此与众不同。

让1919年出生的他，天生成了美术发烧友。直至13岁到省城读省立一中，课余就与素描、水彩静物、风景写生为伴。

高中时，日本飞机的轰炸把他驱回故乡，成了抗日救亡宣传队员。

爱国的热情与对艺术的向往，让他带着19岁的热血，成了延安鲁迅艺术文学院美术系的学员。

用鬼子扔下的炮弹皮做成的木刻刀，记录炮火连天与前仆后继的时代。

造就了徐悲鸿赞叹的“中国艺术中一卓绝之天才”。

再后来，成了中央美术学院的院长，举世著名的美术家与美术教育家。

如今，那洲村这座平房，大厅、偏房及木板阁楼所有的墙壁上，挂满了他半个多世纪创作的画作。

这些充满生活气息、战斗激情、盎然诗意的作品，展示了刻刀与画笔下无与伦比之美。

展示了，从这间老屋里走出的人民画家辉煌的一生。

（2017年3月31日）

杨匏安，没有故居

这位华南地区传播马克思主义第一人；

这位当过共产党中央监察委员、国民党中央组织部代部长的“高官”；

这位大革命失败后，被国民党列为“秘字第一令”通缉的“共产党首要”，最后用鲜血染红了龙华凌霄的革命先烈……

是一位没有故居的人。

据知他在珠海北山村正街的那座青瓦粉墙黑大门的房子，早在 20 世纪 40 年代就倒塌了，到 70 年代，成了一处没有围墙的空地。

因为穷，他的家人也一直没有钱修整。

当年，他就是提着脑袋，带着饥寒交迫的一家干革命的。

3 岁的小女，就因无钱治病而夭折。

在 1931 年 7 月 25 日的上海，国民党当局从他身上搜到的全部物品是——一张五块钱，两张两块钱，以及一副眼镜……

一张便条从狱中带出，吩咐家人：缝纫机虽穷不可卖去——这是家中唯一的谋生工具。

蒋介石派人多次劝降，许以高官厚禄时，他视如粪土。

蒋介石亲自打电话到狱中，他一听是蒋的声音，愤然摔掉了话筒。

他给家人的遗言是：千万不能接受这些人的钱和物；如果没办法生活就立即南返（回老家）……

牺牲后，他的母亲、庶母与妻子，继承他的遗志，默默从事地下革命工作……

现在，这位没有故居的伟人，住在“杨匏安旧居陈列馆”里。

无言地讲述理想与信念。

讲述一位无产阶级革命家的清贫与富有。

（2017年3月10日）

第三辑

珠海名园

海滨公园

也可以说它是珠海最大的公园。

尽管占地只有 13 公顷。

但已装下了一座山，装下了高瞻远瞩的境界与俯瞰大海的胸怀。

装下了湖泊、森林、草地，与四季盛开的花朵。

装下了一片领事林，来自五洲四海的树木与友谊。

装下了珠海人最多的喜爱，节假日数十万人蜂拥的欢乐。

最大的特色是它的名字，拥有的海面几乎无边无际。

抱住了整个香炉湾、蓝天白云的倒影及心潮逐浪的大海。

手挽着一条情侣中路，有诉不完的诗情画意与甜言蜜语。

摊开了一大片洁白的沙滩，让老中青一起回到童年。

更有众所瞩目的渔女，手举着珍珠与希望——

那是举世皆知的珠海的城标。

用不着找这座公园的大门，它到处都是门。

它的四面八方，随时随地都可从树荫花丛间穿入。

把一条成语变成正能量，就叫无孔不入。

没有围墙的公园，该有多大啊。

它无言地微缩了珠海，一座拥抱天下的开放之城。

（2016 年 10 月 4 日）

香山公园

这块镶嵌在珠海老城区中心的翡翠，也许只有“老香洲”才知道。

知道的也很少来，不知道的就更不会来了。

这一天，我偶然路过，惊讶于它“名头”之大。

珠海几十座公园，它竟有资格顶着“香山”的名号。

原来，唐代香山镇，北宋香山寨，南宋香山县，源头就在于此。

以年轮为序，它理应是第一号主角。

我走进园来，喜欢它闹市中的僻静。

果然不虚此行，确实山够青，树够绿，风够轻，空气够新鲜。

登上山，同树林比高，同石梯比耐力，我爽快地挥汗如雨。

一层层平台上，看高楼一级级低落，看街道车水马龙。

坐下来，可同清风一起翻书，可摆棋盘仙人指路。

也可在石凳上发呆，听鸟儿唱歌，赏小虫奏乐，看时光筛过树影慢慢地淌过。

这块镶嵌在珠海老城区中心的翡翠，也许“新香洲”很少知道。

可是，远在中国香港的周星驰早就知道了。

15 年前，他的《少林足球》就在这里展开了较量。

好心人指点，“甜在心馒头”“如花美容店”原来就在门外。

这一天是假日，可惜没有多少人来分享我的惬意。

不知道它的人到远方寻找陌生去了，知道它的人又去了繁华处制造热闹。

我发现公园里树够多了，而花相对较少。

难怪，它的花香，大都飘到了公园之外。

（2016 年 10 月 3—4 日）

石溪公园

许多人都知道绍兴有个兰亭。许多人都不知道珠海亦有个兰亭。

名字就叫亦兰亭。

作为石溪公园的主要景点，它就坐落在嶙峋磐石之上，潺潺溪水之间，坐落在香洲城区中心的繁华与僻静之间。

也与东晋时绍兴的“兰亭雅集”一样，由著名书法家发起。

这是清朝道光年间，由本地人士、皇帝钦批“书法冠场”的进士鲍俊牵头，广邀岭南名士，在亦兰亭吟诗作对，泼墨挥毫，摩崖勒石。

让30多处诗情与墨迹，同枕流的古壁、漱石的清溪一起，辉耀了160多年。

这一天，我随珠海的文朋诗友到此雅集。

是的，鲍俊的故居不在了。

他们流觞、唱酬的会所惜字社，只留下两堵残墙断壁。

亦兰亭似乎还在，已经是重修的仿制。

石柱上的对联，只有上联，另一半也不知去向何方了。

不过，在石溪公园里，他们当年赞赏的琴泉、奇响及石溪八景还在。

鲍俊与诗友们创作的，作为珍宝的书法与作为文物的石刻，还在。

当年雅集的佳话，以及豪情与逸致，风骨与流韵，也在。

这就够了，足以令我们乘兴而来，尽兴而归。

因为早就知道，有些东西肯定还在。

它是不会被毁掉的。也无法把它毁掉。

（2016 年 10 月 25 日）

共乐园

不仅有风光，更有名胜。

这座位于珠海唐家湾的园林，依山傍湖、亭榭相招、林荫蔽日、优雅清幽，用世界各地的奇花异木，点缀着迷人的佳景。

还用 500 棵荔枝树，100 年来一直捧出唐家湾人待客的热情。

更独特的是许多名人的身影。

孙中山赠种了日本黑松，梅兰芳手植了柠檬桉树。

还有美国总统胡佛，尽管最终未能前来，但他的同窗主人为他专门建起的暖房，讲述着异国情谊。

当然，最主要的名人是原先的园主唐绍仪——

一位早年的留美学童，一位当过中华民国第一任总理，后来又愿意当中山县长的人，这里收藏着他丰富、复杂、传奇的人生。

这座由他建于 1910 年的私家园林小玲珑山馆，1921 年改名为“共乐园”，成了当时中山县的第一个公园；1932 年，又将此园赠予唐家的村民共有。

100 多年了，这座不收门票的公园，成了名副其实的共乐园。

可以在这里共乐，还可以知道为什么共乐，怎样才能共乐。

（2016 年 10 月 3 日）

香山湖公园

珠海最老的公园是香山公园，已查不到它始建的年代了。

珠海最新最大的公园是香山湖公园，近几年才建成开放。

多了一个湖字，当然就有许许多多的湖，大大小小的湖，弯弯曲曲疑似是河的湖，数不清的湖。

清澈的水在山谷躺平，在山沟荡漾，迎接着山溪的歌吟与飞瀑的豪唱。

白天拥抱着白云青山，傍晚装下了长河落日，夜间容下了平湖秋月。

木桥、石桥、拱桥、曲桥、栈桥，以及古色古香的亭台楼榭，装点在湖面与岸边，呈现着诗情画意。

成群结队的鱼在湖中畅游，黑天鹅与灰鸭子在水面嬉戏，同带着神往的游人交换自娱自乐。

竟让那些人久久流连，舍不得领走自己的倒影。

簇拥在湖边的，是一座座山。

满目青翠的山，起伏蜿蜒的山，清新脱俗的山，天然氧吧的山，青春与活力的山。

桉树林、樟树林、荔枝林、香蕉林、竹林及各种知名或不知名的树木，彰显着蓬勃的朝气。

三角梅、炮仗花、洋紫荆、美人蕉、向日葵，千姿百态，绽放着姹紫嫣红。

宽敞的绿道，山间的小路，伴随着跑步的快节奏与散步的慢生活。

更令人赞叹的是在空中穿行的香山云道。

一条 3.4 公里长的栈道，是一道凌架空中的彩虹，是一条飘带，在山峰上盘旋，在群山中环绕。

在云道上行走，一步山水，步步风光。携两袖清风，握一片白云，览尽脚下的风景，本身也是移动的风景。

到了山顶的平台，更可以把整个香山湖公园摄入眼里，把湖光山色揽到怀中。

这里，看得见周边的高楼、游鱼般的汽车、蚂蚁大小的人群。

城市似很远，可置身尘世外；城市又很近，可纵情山水间。

路边的展示图显示，目前开放的只是公园的一、二、三期工程，第四期的项目正在紧锣密鼓地进行着。

香山云道这条飘带，正向山外往海边延伸着，全长将达 11 公里。

香山湖，这个珠海最大的公园，还在不断地扩展。这个珠海最新的公园，会越来越新，越来越美。

（2021 年 12 月）

到中山公园读史

一座很老的公园。

始建于 1932 年。

中华民国第一任总理唐绍仪后来当中山县长时，主持修建的。

坐落在珠海唐家留思山。为了纪念中山先生，而把留狮山改了名。

东望中山故里翠亨村，西接当时的中山县城唐家古镇。

山色葱茏，怀抱海岸。地势天成，规模宏壮。

在磐石上读古榕，入竹海里听涛声。

沿山路赏天生怪石，上山顶拍留思夕照。

到云台观澜，把金星门、淇澳岛尽收眼底。

在晚翠亭登高望远，借清风舒畅胸怀……

一座很新的公园。

2011 年才完工对外开放。

当年唐绍仪受到排挤，中山模范县方案搁浅，公园的建设也就停摆乃至荒废了。

直到近年，珠海市才把它复建起来。

现在，中山先生的铜像及“天下为公”的题字，就在大门相迎。

“九委襄政”的几块石头，还在讲着当年县府决策者相议建设大计的往事。

八角亭的瓦筒，刻着当时“振兴国货”的呼喊。

弯弯山路上，石碑在吟诵有关唐家湾的历代诗词。

奋斗与歌哭，曲折与振兴，这里的山海林园都在做证。

直到如今，“八方安和”的夙愿才得到展现……

这一天，我慕名来到中山公园。

眼前是河清海晏。

胸中却风起云涌。

（2017年5月27—28日）

在栖霞仙馆论爱

爱，当然是无价的。

但有钱人，也可以用有价的形式来体现。

100 年前，香港太古洋行买办莫咏虞，就在老家会同村买下 15 亩果园，为爱妻建起了这座栖霞仙馆。

得花多少钱？钱是有数的，爱却无限。

钱买不到爱情，但也不妨以钱表达爱意。

100 年，时光已被雨打风吹去，栖霞仙馆还在。

作为与共乐园、梅溪牌坊齐名的珠海三大私家园林，依然展示着它的旧貌与新颜。

两层的主楼梦香楼，以仿香港太古洋行的模式，袒露他的爱，有如混凝土的坚固。

梦香堂、念经堂、客厅、寝室、厨房，外廊的梁柱与圆拱门，意大利浅蓝色拼花地砖、葡萄牙碎瓷片拼贴窗户。揭示爱的方式，可以中西合璧。

四层的大钟楼，西方教堂式的门楼及楼顶罗马奖杯形的圆亭，展示他的爱，走在了世纪的前头。

三座凉亭，中国式六角亭、日本式茅亭、印度式啖荔亭，讲解着爱的包容。

那些百年古树，包括珠海最老的芒果、桂树、黄兰、白玉兰，每种树都是成对出现，寓意百年好合。

还有电房，从德国买回的柴油发电机，点亮了全国最早用电的村庄，比市区的居民早了半个世纪。他的爱，波及了整个会同村……

现在，这座风景秀丽、爱意浓郁的园林，成了婚纱摄影的优选之地。

一对对情浓意蜜的佳偶，在这里低诉甜言蜜语。

其实，他们拍下的只是有价的爱巢。

至于有没有拍下无价的爱，只有他们自己才知道。

也只有时间才知道。

（2017年5月25日）

到愚园访徐润

没想到珠海拱北的高楼大厦间，竟有这样的江南园林。

池塘印桥榭，盘榕抱假山，通幽有曲径，竹石展倩影……

我走进珠海的愚园，仿佛走进上海的豫园。是的，它正是对着豫园仿制的，是豫园的缩小版。

这座 1911 年建成的私家园林，是中国民族工商业巨头徐润为故乡建起的。

我迟到了 110 多年，自然无法同他面谈。

只知道 1838 年在拱北北岭村出生的他，15 岁就跟着叔叔到了上海。那里才是他大展宏图的地方。

他成了近代中国最大的茶叶出口商、最大的房地产商，以及股份制企业创始人。

他创办了中国第一家保险公司、第一家机器印刷厂。

他参与创建了中国第一家轮船运输企业——轮船招商局、中国第一家机械化大型煤矿——开平矿务局。

他的名气之大，连上海一条愚园路，也是依他的住所而得名的。

当然也得提起他的叔叔徐荣村——“世博会中国第一人”。

1851 年，伦敦举办第一届世博会。他用麻袋运了 12 捆湖丝参展，夺得金奖而归。

我在愚园徜徉，深感到北岭村的了不起，珠海人的了不起。

也明白了，再风光的人，他的根也都是在故乡。

即使他不回归故里，也有一座愚园，盛放他的乡情。

当然，故乡也不会忘记他。这座愚园作为珠海市的重点文物，它的鸟语花香已由所有人共享。

我也才有机会，同徐润隔世交流，分享他的荣光，以及对故乡的爱。

（2022 年 4 月）

读石溪曲水流觞照

微信群涌进来海量的“曲水流觞”照片。

新闻发生在珠海石溪亦兰亭的昨日，而不是在160多年前。

鲍俊与他的诗朋书友不在，在的是珠海当今的诗人、书法家与摄影家。

同样有清泉在石上流，酒杯在石上流，诗歌在石上流，琴声在石上流。

溪畔端坐着能诗善饮的红男绿女。不时有人立起，引吭高歌。

诗人们腕戴手表，头戴眼镜，异于古人。但一身汉服，又穿越到古代。

枕流的石壁，漱石的清溪，流觞的曲水，应和着他们的诗兴与欢声。

围观的山岩、绿荫、凉亭、石刻及漫山的游客，一起亮出惊喜的神情。

当然，没有屏蔽的现场，轻易泄露了时光的秘密。

诗人们情不自禁地用手机自拍，让景中人又穿越回当今。

我很欣赏曲水流觞的诗情与友情。

可惜没能来到现场，充任配角或者观众。

不过，我不会穿上汉服，换装也就属于表演。

也不一定真的饮酒。其实，那些清心透明的山泉水——

已足够拨动一颗惯于沉睡的诗心。

（2016 年 10 月 16 日）

海加山等于更美

一座有海又有山的风景名城——珠海，真是太美了。

还可以更美吗？

珠海说，当然可以，把海与山加起来就是了。

无敌海景有海滨公园，仙境山色有石景山。可惜多少年来，它们之间被两幢旧楼房阻隔着。

把挡住眼界的障碍物挪开，不就豁然开朗了吗？

就这样，海与山连了起来。

海滨公园与石景山亲密地握起了手。

从浪涛拍岸的海滩，可以徒步登上石景山，同奇形怪状的石头相认，乘索道穿越白云清风。

从云飞雾绕的石景山，也可以走到碧海银滩，同作为城徽的珠海渔女合影，在 20 公里长的情侣路尽情浪漫。

在山与海相接的山坡，建了一座城市阳台，就是一条眺山望海的阶梯与纽带。

海加山，等于更美。

是的，美的愿望是无限无垠的。

美的追求与创造也是无穷无尽的。

只要把遮住望眼的障碍移开，就可以了。

只要把蒙住想象的迷雾拨开，就可以了。

（2021 年 12 月 1 日）

第四辑

珠海史迹

宝镜湾逸事

现在不能再在这里抽烟了，门口挂着“全国重点文物”的标牌。

不过没有多少人知道，当年这里是因为抽烟才被发现的。

多少年来，人们都传说高栏岛宝镜湾有个藏宝洞，可是不得其门而入。

历史上肯定也曾有人进去过，因得不到想要的东西，只把失望悄然带走。

甚至，连考古队对此也似乎一筹莫展。

这一天，他们只好坐下来，抽口烟再说。

这时候，怪事出现了。有人刚拿出一支烟，那烟就被风吹走了。

突然，就不知去向。

难道香烟会不翼而飞？即使会飞，也应有迹可循的。

不知最后这支烟找到了没有，却找到了这个洞。

这时不再需要香烟提神，他们的神经已到了最高的兴奋度。

历史会记住1989年10月的这一天，大幅摩崖石刻画，就在这个洞里被发现了。

现在大家都知道了，专家考证说，岩画来自3000年前。

长5米高3米的大型摩崖石刻画，就刻在大块平整的石面上。

从密集而复杂的图案中，人们辨认出波浪与船。

指点着，鸟兽鱼虫各得其所，男人女人在奔跑与舞蹈。

史前先民的大船出海图，凿响了中国海洋文化的先声。

遗址出土的4块陶釜残片，告诉着，40年的珠海市，60多年的珠海县，却有着距今四五千年的珠海人。

在这里，盗宝人只能是两手空空，留下了“莫劳心”的感叹。

考古队却找到了无价之宝，还有什么宝藏比这个更珍贵？

是的，在这里抽烟，现在来说已太不合时宜。

可是看到这些宝画时，不要忘记了，当年曾经在这里抽烟的人！

（2018年11月30日）

一件石锚抛响海洋文明的先声

珠海博物馆的宝物太多了，人们也许不会特别留意这一块石头。

土色，花岗石，猪肾形，篮球大小，安静地停放在展柜里。

专家说，它藏身于历史里已经 3000 多年。

一直是这样平淡无奇的姿态，默默无闻的样子。

不过不要小看这块沉默的石头。

说出来，会让人大吃一惊，或者说石破天惊。

这块 18.5 公斤重的石头，是一块石锚，是用来抛锚停船的。

腰间有敲击出来的一道槽，为的是用来系缆。

它是南海地区发现的史前最大的一块石锚，这表明了它的身价。

摆在博物馆里，在众多文物中它有贵宾的身份。

在它抛入海中那一刻，历史就已定格。

作为 3000 多年前，珠海人就在这江口海边生活的见证。

作为远古珠海人驾船捕鱼、战天斗海的见证。

作为南越先民向海而生、向海而兴最初的见证。

这时候，我站在展厅中，对着它默默无言。

只有崇敬与赞叹。

是的，那时候还没有文字。不过并不缺乏声音。

这块石锚一抛入水的那一声巨响，整个大海都听到了。

即使没有录音，但世界也已知道。这是——

海洋文明最初的声音。

（2022 年 3 月）

山 场

山场路是珠海的一条小街。

这一天，公交车带我从这里路过。

山，看不到了。满目是高楼大厦。

场，看不到了。有的是商场、市场。

而它的本义，是指盐场。

哦，盐场，那是唐朝时候的事情。

据说，山场古称“濠潭”，意即濒海之地。附近的山峰，原是珠江口外伶仃洋上的岛屿。

唐代有人聚居，围海煮盐。再后来，有了盐场，叫香山场；有了墟镇，叫香山镇。

南宋设了香山县，这里，正是珠海、中山、澳门文化与经济的始祖地。

往事越千年，沧海变桑田。

如今，就只留下山场这个地名了。

这一天，公交车带我从这里路过。

让我对这条小街刮目相看。

1000 米长的小街，珍藏了 1000 年的历史。

移了山，倒了海，既没有盐也没有场，一切都变了，而山场的名字千年不动。

我明白，它是不会移动的，不可移动的。

有了它，风华正茂的珠海、中山与澳门，才能够找到——

它们的根。

（2018 年 2 月 28 日）

蚝 宅

一座明代的豪宅。

它叫菉猗堂，坐落在珠海斗门南门村。

三间三进，高台阶，木构架，硬山顶，龙舟脊，砖雕、木雕、石雕，灰塑、泥塑，还有敕赐抗击元兵的“忠孝义士”的残匾。

它是南宋王朝赵氏后人所建，还有宋代所有皇帝的画像。

其实，它应该称作“蚝宅”。

它的两面墙壁，是用蚝壳垒起来的。

这些在海边就地取材的蚝壳，拌上黄泥、红糖、糯米饭，一层层堆砌起来，简直固若金汤。

防风，防水，防潮，防虫，防盗，隔音，冬暖夏凉。

凹凸不平的墙面，在阳光的辉照下，光影荡漾，尽显线条感与雕塑美。

我来到菉猗堂，第一个愿望就是与蚝壳墙合影。

把我的身影，交给560年牢不可破的历史。

平凡与非凡同在的历史。

（2018年3月3日）

菉猗堂

珠海南门村菉猗堂，凭什么成了广东省重点保护文物？

有人说，是靠皇族文化。

是的，这座赵氏祖祠菉猗堂，是宋太祖弟弟魏王的后代，在明朝景泰年间建的。

这条姓赵的古村，收藏着宋代从盛到衰的历史，供着北宋南宋所有皇帝的画像。

他们代代相传的祭祖典礼，承继了皇族的祭祀仪式，演绎着完整的祭祖流程。

菉猗堂后殿“忠孝义士”的牌匾，是纪念南宋小皇帝赵昰败退香山，南门村魏王后人招募村民迎驾勤王，被敕赐为“忠孝义士”之事。

从古到今几十个王朝近千名帝王，该有多少皇族的故里？但少有这样传承皇族祭祀仪式的村庄。

也许丧国灭族的苦痛，更能刻骨铭心吧？

有人说，是靠古代建筑。

这座明代菉猗堂，以及明晚逸峰赵公祠、清代崑山赵公祠，古朴典雅，气派恢宏，各式石雕、砖雕、木雕、陶塑、泥塑工艺精美，深具文化底蕴和艺术价值。

更令人惊叹的是菉猗堂的蚝壳墙。277 平方米，65 厘米厚的墙体，用了近百万蚝壳按规律排列砌建。防风，防水，防热，历经近 600 年，仍坚固如新。

正所谓“千年砖，万年蚝”，不由你不信！

又有人说，是靠皇族文化与民间建筑二者的组合。

高贵的皇族与低贱的蚝壳，似是奇怪的组合？又是奇葩的组合！

不过，是蚝壳依赖了皇族，还是皇族沾了蚝壳的光呢？

我记不得多少次来瞻仰菉猗堂。

只知道凡有客从远方来，我都要带他们到菉猗堂拜访。

友人与我一样，与许许多多的游人一样，只是匆匆浏览了皇家史迹。

却在蚝壳墙边流连忘返，来回徜徉。

带不走蚝壳墙，就用手机把自己拍在蚝壳墙上。

皇族的荣耀与民间的奇迹，谁更能得到赞赏？

似乎没有答案。似乎又有了答案。

古 祠

在珠海星罗棋布的古庙宇中，首屈一指的就是杨氏大宗祠了。

“源分东汉，秀毓北山。”大门口一副对联，道尽了南屏北山村的自然环境与杨姓大家族的历史渊源。

五间三进并两厢及两道青云巷的四合院，斗拱承檩，气派恢宏。九架梁，穿插方，大格局，据说是按二品官阶的规格而建的。

富丽堂皇，古朴幽雅，画牖雕檐，绮丽炫目，彩釉生辉，工艺华美，是为珠海古建筑艺术的典范，岭南清代传统风格的代表。

村中的老人说，他们是宋朝杨家将南迁的后裔。祠里珍藏了清代同治敕封的“诰命”的牌匾，墙上挂着国民政府主席、著名民主革命家林森为纪念此地开族700年的“宗支蕃衍”的题词。

作为广东省重点文物，果然名不虚传。

我曾多次来到这里，似见到古往今来，祭祀、议事、教读的盛景。

在殿堂间穿梭，我找寻它历经 150 年风雨，依然保存完好的奥秘。

直到元宵期间，大宗祠举办筵开 208 围的千叟宴，我想起祠中“忠孝廉洁”的杨氏祖训，才似乎明白了个中的原因。

（2018 年 3 月 5 日）

那些装着世博金奖的麻包

12 个麻包，从中国运到了伦敦世博会。

这是 1851 年，第一届世界博览会正在伦敦举办。

此前，维多利亚女王广发请帖，10 多个国家的名优特产从世界各地纷至沓来。

上海荣记丝号的广东老板得知此讯后，12 个麻包装着的七里湖丝，就这样不远万里，风雨兼程。

这些中国货未能引起洋人的注意，毕竟麻包太不起眼了。

也许因急着赶路来不及包装，也许因中国货本来就不讲究包装。

也许中国人就是那么实在，只重实质，而不在乎外表。

反正，这粗糙简陋的麻包，被直接忽略了，竟多时未被打开。

直到有一天，其他展品全被评委们反复品评之后，才有人想起来自中国的这 12 个麻包。

麻包打开了，中国丝出场了，世界震惊了！

这些湖丝，这样洁白，这样柔软，这样有弹性，一下子点亮了世界的眼睛。

世上竟有这样的珍品！

中国的湖丝，在第一届世博会上，获得了金奖。

这是世博会上，中国的第一块金牌。

珠海北岭村人徐荣村，成了世博会中国第一人。

这些中国丝，就这样以免检的资格进入英国市场，带着金牌进入世博会的荣耀史。

不知后来这 12 个麻包到哪里去了？

它们那么粗糙简陋，那么不起眼。

不过不应忘记，正是这 12 个麻包带着世博金奖的湖丝走向了世界。

这些麻包，也同样走向了世界。

（2022 年 4 月）

中山先生别故乡

那时珠海还是香山县，同样是中山先生的故里。

到处可见先生的足迹，到处能听到先生爽朗的声音。

可是这时候找不到他的身影了。什么人都找不到，当然我也找不到。

这是 1895 年。

只知道在广州起义失败，先生只身逃离。

天空到处都是阴云密布，周边到处都有追捕的眼睛。

他乘轮船从广州潜往唐家湾，找到老同学唐雄，一位在檀香山时的老乡。

一幕惊天的戏剧上演了。

一乘娶亲的轿子，经神前官道百峒溪，穿过大镜山，闪过山场村。

新郎就是唐雄。那么新娘是谁？

有谁想得到，竟是孙中山！

大惊大险？大智大勇！

就这样，他在乡亲的掩护下直奔澳门。就这样，他在故乡的保佑中离开故乡。

一位为救国救民，以天下为己任的伟人，自此一去17年。

让故乡同他相互惦记，让全国同他相互惦记。

后来的故事，全世界都知道了。

其中这悲壮的一幕，我是后来才知道。

一个化险为夷、化悲为喜的情景，才让他的故乡知道。

（2016年10月18—19日）

中山先生奠基中山亭

我不是随从，我只是观众。

站在1912年5月27日上午的前山，站在锣鼓喧天、鞭炮齐鸣的队列中，站在“欢迎孙中山荣归故里”的横幅下面。

知道辞去中华民国临时大总统的先生到各省考察，这天要从澳门回来，我就同空巷而出的乡民一道，奔走相告了。

为革命在外奔波17年后，先生第一次回到故乡。我想他一定也同我们一样激动。

看见他从黄包车上下来，向大家微笑，握手，道谢。

看见他在恭都公立小学堂的欢迎大会上即席演说，听到他分析革命形势、宣传“三民主义”，以及万众一心、实现共和、建设国家的号召，而激动得热血沸腾。

会上提议建一座凉亭以志其事，万众欢呼，也得到了先生的欣然答允。

当即来到附近的土坡。我看到先生接过锄头，挥锄动土，亲手为凉亭奠基。

历史在这一刻定格。中国唯一由孙中山先生亲手持锄奠基的纪念建筑物，从此诞生。

中国最早一座纪念孙中山的建筑物，从此诞生。

两个月后，一座砖木结构的四柱亭，迅速建起。

1925 年先生仙逝，“中山纪念亭”正式命名。

100 余年过去，许多人不在了，许多物不在了，屡毁屡建的前山中山亭还在。

中山先生持锄动土的英姿还在。

我也在。手捧一些珍贵的史料与回忆录，我情不自禁地走进了历史。

走进了当年欢欣鼓舞的在现场目击的人群中。

（2016 年 10 月 18—19 日）

珠江口外的飞来石

到处都有飞来石，在东澳岛当然也不会缺席。

谁也不知它从哪飞来？何时飞来？

只见它站在山头一块岩石顶上，似是临时驻扎。

总会有小孩问：它会不会飞走？何时会走？

风吹来，它也会晃动，似是随时就走。即使它自己不飞走，或许也会被风吹走。

可是多少年了，它一直在山头矗立。一次次台风，都未能把它搬动。

它是决心在这里定居了。

这里天蓝、海碧、山青、沙软，谁来了也不愿走呀。

何况，它还要站在伶仃洋上，守望南海这万里海疆呢。

（2018年12月22日）

小岛上的海关

1899年，因九龙半岛被英国租占，为替代九龙关长洲税厂的职能，在岛上设立了东澳税厂。负责监管往来香港与粤西的民船与货物，征收关税，稽查鸦片走私。

20年后，才被拱北关马骝洲分口替代。

我来到东澳关遗址，连残墙断壁都见不到了。但并不等于它不曾存在。

办公区、水手房、生活区已了无痕迹。所幸花岗岩石块铺筑的连接各处的古道，还断续可见。

从山上望下去，海上一块大石头，正是当年的泊船处。

由于海关并无泊船码头，货船须停靠大石头旁，等候查验。

我似见到水手划着小艇，载着稽查员在礁石间穿行。

望见100多年前商船往来的喧闹与繁盛。

100年岁月的侵蚀，改写了东澳关的容颜。

不过，茂密的树木、草丛、刺藤与苔藓，终究无法遮掩历史的存在。

它仍然是讲述近代广东海关变迁不可替代的史实。

是的，它无法以保存完整的建筑，出现在我眼前。

只是一座废墟的遗址。

因它代表着历史的真实，而在我心中有着独特与稀缺的地位。

让我读到了废墟的诗意。

（2018 年 12 月 23 日）

在铳城远望

在这里，可看到最美的风景。

这是东澳岛澳口的山脊上，一眼览尽了茫茫大海，近山远岛，天光云影。

但这里不是用来看风景的。

这座清雍正七年（1729）建起的铳城，扼守着南海的万里海疆，扼守着珠江口外的大门。

我来到东澳铳城的时候，这座用花岗岩砌筑的长方形城池仍然森严壁垒。

西北角炮台上，三门大炮正严阵以待。

不远处，那座圆锥形的烽火台，似乎随时可点燃带有密码的讯号。

我在铳城远眺，一直望到了近300年的风起云涌。

这么多年过去了，这座铳城依旧睁着警惕的眼睛。

我站在城墙上放眼望去，晴空万里，风和日丽，海面上来往的船舶在放心地航行。

现代化的海防，已经不需要如此简陋的设施了。

不过，我还是很愿意来看望这座铳城。

听它无言地讲述着并未生锈的古代海防史，解读屈辱与抗争。

我明白，正是有了这么一颗巩固海防的决心，才能在这里看到最美的风景。

才能有，云淡风轻看风景的心情。

（2018年12月24日）

大海盗的摩崖石刻

“万海平波”。

四个大字居高临下地刻在东澳岛的崖壁上。

面朝大海，倾诉着家家户户、祖祖辈辈对大海的企盼。

这是 1796 年，即清嘉庆年间，大海盗张保仔让手下胡一雷刻的。

仰头看到这方摩崖石刻，我始是惊讶不已，后即陷入思忖。

都说“月黑杀人夜，风高放火天”，不是天昏地暗、乱云飞渡、翻江倒海，才更符合海盗的念想吗？

难道杀人越货的张保仔，也同平民百姓一样，希望风调雨顺、河清海晏、一帆风顺吗？

我想，喊出“扶清灭洋”“劫富济贫”的张保仔，也想打出与民心相通的旗号，才更好混迹于民间吧。

虽说一种米养百样人，但百样人心中，总也会有一些人同此心的理念与情感呢。

也许，这就是人性，做人的底线。

即使身为大海盗，也概莫能外。

我还注意到，其余字全为阴刻，唯见万字头却是阳刻，倒是有点另类。

传说张保仔到处都有藏宝洞，谁能将万字头解开，谁就能找到藏宝的钥匙。

可是200多年过去了，谁也没有发现过藏宝洞。

其实，我发现，宝不就在眼前吗？

这天蓝海碧、波平沙缓、世外桃源般的东澳岛，就是一宝。

就连这方“万海平波”的摩崖石刻，也是一宝。

它珍藏了200多年的历史与人心呀。

这正是人们并不因是出自张保仔之手而把它铲除的原因。

也正是我同千千万万的游客一样，前来探望与观赏的原因。

（2018年12月23日）

这块石匾目击了中山港的诞生

谁知道《中山大观图》有多么珍贵？

不说这张图本身，也不说它出自哪位名家之手，单说绘这幅画时所用的砚台，都被收藏起来了。

还为它建起一座“弆砚楼”。什么叫“弆”，就是收藏呀。

这是让一块花岗岩石匾告诉的。

1932 年 7 月，中山港在唐家湾举行开幕仪式，“弆砚楼”也在同日建成。

中山港曾列入孙中山的《建国方略》。曾任中华民国首任内阁总理，后来又当中山模范县长的唐绍仪，也把中山港当作振兴的重大项目。

他主持了中山港盛大的开幕式，又主持了弆砚楼的落成庆典。

这块石匾与弆砚楼一起，目击了贵宾云集、热闹空前，并有空军 13 架战机从广州赶来做空中花式表演的盛大场面。

石匾上刻着：“弆砚楼，敬绘中山大观图之砚，弆藏于此永保之。中山港开幕日。”

它作为亲历者，成了躬逢盛事的见证。

后来，由于唐绍仪遭广东军阀排挤下台，一座大港的规划不得不黯然搁浅。

与这番挫折相似，石匾被找到时，留下一条中间断开的裂缝……

90 年过去了，中山港已迁址另建，此地只留下唐家湾港。

《中山大观图》不在了，弃砚楼不在了，这块宝贝的砚台也已不知去向。

幸好这块石匾还在，不会改变的历史还在。

铭刻了这段历史的石匾，现在就被珍藏在珠海市博物馆里。

它现身说出了一些秘闻，还有经验或者教训……

（2022 年 4 月）

网山古村的标志

珠海斗门区的200多年的古村网山村，也有它的标志。

那是高高耸立在一座小院上空的两棵葵树。

在120多座糯米黄糖与泥巴夯筑的清代泥墙古屋中，这座小院是最有故事的一座。

在35棵百年古树和各种名木中，葵树是最高的两棵。

而且，整条村的葵树也只有两棵。

两棵葵树下是一座貌似平常的古屋，被掩人耳目的高墙遮围。

多少年来，它的秘密只有自己人才清楚，外人无法知道。

早在20世纪30年代，这里就是中共地下党支部。

两棵葵树既是特殊的景观，更是联络的暗号。

敌人进村，迂回的街巷如同迷魂阵。同志无须问路，也能找到温暖的家。

作为老区革命根据地，葵树下是坚强的堡垒户。作为“抗日救亡先锋队”，葵树下是指挥中心。

抗战时，游击队长身负重伤生命垂危，就在这里秘密疗伤三个月。日军几次进村搜人，也只能无功而返。

日寇也曾飞机轰炸，即使炸毁了几间房屋，两棵葵树依然高举着叶片，旗帜一般迎风飘扬……

这天，我慕名来到这座远近闻名的“广东古村落”。

在转过20多条石板街小巷，摸过一座座乾隆年间留下的老墙，走过迎阳门、武帝殿、黄氏宗祠、古铜钟、古碉楼、观景台之后，仍感到意犹未尽。

直到找到这两棵葵树，终于才心满意足了。

不要问为什么。我同许多人一样，知道不见过这两棵葵树，就不算到过网山村。

（2021年2月28日）

第五辑

珠城一角

一块石匾讲出南屏大桥的前世今生

它坐在博物馆展厅里，成了一件展品，一件文物。

它是一块石匾，又不只是一块石匾。

站在它的面前，我看到了一座大桥。

在它出现之前，从香洲老城到珠海西片，还没有一座桥。

世世代代，靠一条船穿过前山河，划过漫长的、湿淋淋的历史。

就在此前，还得靠一张5分钱的船票，来接驳前山到南屏的行程。

1987年，一座大桥挺身而出。

532.2米，双向两车道，时速40公里。一块“南屏大桥”的石匾，喊响了它的大名。

30年，承载着两岸珠海人前进的身影，记录着城市变迁的历程。

这些年，珠海跑得太快了，这座饱经沧桑的桥终于跟不上时代的步伐。为让珠海南北支干线快速衔接，大桥也要更新换代了。

2018年4月风雨中的拆除仪式，宣告它完成了历史使命。

满载记忆的铭牌石匾，也迁移了南屏户口，走进了珠海市博物馆。

先是一条钢便桥作为替补，转眼间，2020年6月，一座新桥横空出世。

1544米，双向8车道，时速60公里。坐不移位，行不改名。

珠海“五横九纵”新路网体系加上了新的关节，港珠澳大桥延长线有了新的伙伴。

站在石匾面前，我认识了前山河上第一号的功臣。

看到了珠海几十年来，变大、变强、变新、变美的缩影。

我看到，这块石匾从第一线退了下来，并没有从城市的记忆中退隐。

看到在这里，它同所有做出了贡献的功臣一样，接受着后来人的景仰，以及——

一座城市的感恩。

（2022年3月）

沉香林

一片沉香林，在山下湖边站了 10 年。

我看见它们的时候，碗口粗的树干展示着它在茁壮成长，绿油油的树冠传递着它的风华正茂。

一阵清风从枝叶间穿过，带来了夏日中的爽快。

突然，一些画面大煞风景——

许多树干被砍得伤痕累累，甚至有一些，竟被一刀拦腰夺去了青春。

这一定是故意的伤害。

是的，内行人告知，沉香木就是要经受打击，自我修复时分泌的树脂在真菌的感染下，才能结香。

没有雷击、风折、虫蛀时，就只能人为侵害了。

顺着指点，我果然看到了许多伤口中已出现的黑色斑点，这就是沉香。

哦，就是它，作为药物可调整平衡人体内气的运行；作为香料，它让人头脑清醒，情绪平缓。人称为百香之首。

我似乎，闻到了一股馥郁、幽婉的香气。

面对这一幕，不免有人叹息：这太残忍了！

我也在心中进行了比较：就看你对这些树有怎样的期望了。

如果要它成材，就得经受艰苦甚至残酷的经历。

如果只要绿荫与风光，也就不必经受刀斧之苦。

不过，内行人说，那些不结香的树，也叫沉香木，但只是废材。

——连作为柴火，人们都不想要。

（2016 年 8 月 7 日）

花的田野

“你从那么远的地方赶来，就为了看油菜花？”

“是呀。”我点头回应。

“你以前没见过油菜花？”滴滴司机的问号更大了。

“小时候在乡下见过。”我说，“不过没见过那么大片的花海。”

几十年了，真有点想念。

何况，那时候不知它这样美呀。

的确是美！眼前一望无边的花，铺天盖地的花，如云似霞的花。

明媚阳光下，一匹金黄色的绸缎。二月春风中，一片金黄色的大海。

多么灿烂，多么温暖，多么壮观，多么震撼。

多么令心花怒放的我，在此沉醉！

蜜蜂穿行，蝴蝶飞越，如果我有翅膀，也会在花田里翩翩起舞吗？

不由得也同许许多多的游人一样，我把自己的身影框进了这幅美景。

甚至真想席地躺下，难得一次醉卧花丛。

忽然想到，小时候，怎么就不知道油菜花这么美呢？

也许，是那时没有发现的眼睛。

其实是，那时候更没有——

发现的心情。

（2021年2月）

张开手臂的港湾

我坐的轮船，在伶仃洋的波峰浪谷中穿行。

即使是高速客轮，也被抛得七上八下。

忽然间，顿感风平浪静。一颗颠簸的心，立即恢复了平静。

原来是进到了“澳”口。一声汽笛，表达了东澳岛的欢迎。

这是岛的东部，大海切入腹中，形成了一块极大的凹口，湾深长达 1250 米呢。

哦，它无声地自报了东澳岛的家门。

一个天然的港湾啊！

它伸出长长的手臂，把到来的一切揽入怀中。

这么长的凹口，足够放得下天大的云飞浪卷。

无论外面是多猛的惊涛骇浪，进来就是安宁与恬静。

无论人生遭逢了多少险恶，到此就有避风的良港。

来到此，惶恐滩头不再说惶恐，零丁洋里不再叹零丁。

长长的澳口，大大的怀抱。

海上的仙山，世外的桃源。

（2018 年 12 月 22 日）

没有老人卡的城市

这座城市没有老人卡。

它有通用卡，青壮年上了公交车，“嘀”的一声，宣布完成了交费手续。

它有学生卡，学生们上了公交车，就报出“学生卡”，告诉有了优惠。

老人们没有优惠，因为他们不需要优惠。

只要身份证上的年龄一到 60 岁，就能得到一张免费卡，连外地老人也不例外。

这座城市没有老人卡。

当然不是没有老人。同我一样头上“积雪”的爷爷奶奶，上车时都得到热情招呼。

不过不称我们是“老人”——它称我们是“亲人”。

我们刷卡时，就听到一句热乎乎的欢迎——

“您好！”

（2017 年 9 月 20 日）

它叫“城轨”

两条铁轨让城市群亲密起来。

一小时生活圈，半小时生活圈，以及更短时间、短距离的圈。

它叫“城轨”，城市轨道交通的别名。

像一朵云，从城市半空中飘过。

像一只鸟，从楼群的夹缝中穿过。

再也没有什么，能阻拦城市间热烈拥抱的迫切之心了。

逢山可以穿洞，遇水可以架桥。

列车插上翅膀，也没有什么奇怪。

许多事情，都是逼出来的。

我知道，节俭的它，不愿占据更多的土地。

况且，城市里，也没有更多的土地了……

（2019 年 9 月 9 日）

小 亭

这样的凉亭，放在什么地方都会令人高兴的。

站在这靠山面海的山坡，更是最佳的位置了。

背后是景山公园。满眼的苍绿，和被绿色过滤得透明的空气。

脚下是海滨公园，眼前是茫茫大海，远处是港珠澳大桥。

酷日晒不到，暴雨打不到，只有清风来亲切交谈。

到了晚上，则有柔和月光与万家灯火静静相伴。

什么叫海阔天空？什么叫心旷神怡？什么叫如诗如画？什么叫赏心悦目？

一连串活色生香的成语，接连跑过来现身说法。

我来的时候是白天，除我之外，空无一人。

靠在亭边，合成一个规范的“停”字，以一位退休老人常见的姿势。

看白云悄然踱过海面，看浪花调皮跳上沙滩，看车辆在港珠澳大桥上交替出现与隐身……

这么好的风景，这么少的游人，可惜了。

其实，那些正在奔波的人，更需要到这里来吧？

有对比更感快乐，会休息才更会工作。

可是，忙碌的人们无奈地回答，甚至没有空回答——

必须打拼呀，为了事业，为了家庭，为了生活……

（2019年9月23日）

久别的黄槿

一树黄花，阳光般灿烂了我的童年。

灿烂于我故乡，一座粤西小城的街角与海滨的沙滩。

满树心形的阔叶，遮挡住南国的烈日。

高大的身形，却伸出许多低矮的手臂，让我攀爬与嬉戏。

最醒目的是它的花，一朵朵铜钟一样散发金色的光芒。

更爱的是它红色的花芯，淡淡的甜味，美化了童年的苦涩。

可惜它的小名，只让人们用方言喊着。

想念它，却苦于无法用文字来表达。

我在外地晃荡 50 年，走过三个省也见不到它一面。

甚至回到故乡，也再也找不到它的身影。

这一天，在珠海红树林的大道旁，两排黄花的队列吸引了我的眼神。

就是它！心形的叶，钟样的花冠，黄色的花瓣，红色的芯！

更令我惊喜的是，树上的小牌写着名字——黄槿！

啊，50 年了，我终于知道了一位童年朋友的姓名！

我连忙把这两个字写在笔记本上。

生怕丢失啊，已经失去 50 年，我再也不能将它失去。

正是它，让我一下子回到了童年。

让他乡，也成了故乡。

三棵花树

院子里，三棵玉堂春树都眉开眼笑地开花了。

可是只有一棵树下，围拢着兴高采烈的人群，围拢着惊讶的目光及手机拍摄时密集的快门声。

记得三年前我来时，也是同这棵树合影的。

一比就知道，这一棵树的花更多，更大，更鲜艳。不知是不是，飘浮的香气也更浓一些。

的确，花与花也是有不同的。也会有颜值普通与优秀的不同，表现平凡与杰出的不同。

这也难怪，得到的笑脸与掌声也会有差别。

拔尖的事物总是少数。而出类拔萃的东西总会得到更多的青睐。

这是人之常情吧，我也未能免俗。

不过，我还是向那两棵受到冷落的花树，送去一些同情与安慰。

可是它们似乎并不为所动。

它们照样开它们的花，散发它们自己的香味。

不管有没有人看，有多少人看，至少它们自己看。

（2021 年 2 月）

混凝土公司

友人带我去参观混凝土公司，说那里也许也会有诗。

原以为粉尘扑脸的地方，竟然也可以一尘不染。

沙、碎石、煤灰各就各位，按配量自动投放。

堆场全封闭，过程全环保，污染零排放。

搅拌运输车穿梭其间，地面上却不见残渣余滓。

即使那么多不安分分子打成一片，却能让厂房保持洁净的心。

我带着疑问走进车间，却带了一脑袋惊喜出来。

友人打趣说，比诗人徐志摩还爽快，没带走一粒埃尘。

我在这里，仍然没有找到诗情画意。

不过发现了，这公司的老总，应该是一位诗人。

（2018 年 4 月）

线路板工厂

一听说参观线路板工厂，脑中就有一条恶浪翻滚的河流。

走进线路板工业园，鼻子里却没有那熟悉的气味。

与往时不同的是，这里有一个巨大的污水处理站。

它把线路板工厂几十年的恶名，一下子刷新干净。

物理处理，生化处理，各种不同身份的污泥浊水，都可以洗心革面，重新做人。

分质分流，集中处理，统一监管，统一排放。

流出的废水，不再去贻害鱼虾蟹鳖、稻米瓜菜，不再去污染人们的心灵。

正寻路向何处去的线路板公司，纷纷闻讯而来安营扎寨。

再也用不着各自为战，去洗刷难堪的罪名。

有了这个命运共同体，就一起咸鱼翻身，获得了大展身手的条件。

据知一个养鱼池正在筹建，活蹦乱跳的鱼可以证明废水的清白。

我跟着参观的队伍，在污水站上上下下，走进走出。
明白了它的工作原理、技术流程并不复杂。
其实它既艰难又很容易——
首先要处理的，是人的脑瓜。

（2018年4月）

平沙电影梦

以前，一提到平沙，人们会想到电影。

40 年前，电影《甜蜜的事业》，就是在这里拍摄的。

一望无边的甘蔗林，高大宽敞的糖厂厂房，以及带着甜味的风，都进入了影片中喜怒哀乐的故事。

还把两首歌，从平塘河边唱起，迅速唱火了全国。

一首叫《我们的生活充满阳光》，一首叫《我们的明天比蜜甜》。

那时刚结束了“灰暗的年代”，改革开放也才拉开序幕，当然，唱的只是人们的向往与希望。

现在，一提到平沙，人们会想到电影城。

当年的种子已经发芽：一个大型影视摄影基地已经建成。

糖厂的厂房与仓库，成了亚洲最大的单体摄影棚。

中国景观城、欧洲城、世界风情园，已在陆续亮相。

高精尖现代科技、一站式服务，可以让剧组“带着本子来，带着片子走”。

平塘河荡漾着五彩，大水车转送着欢歌。

“生活充满阳光”“明天比蜜甜”，已不只是歌中所唱。

而正在成为平沙人津津乐道的现状。

或许，未来有一天，人们会有一个新的说法——

一提到电影，就会想到平沙。

（2018 年 12 月 3 日）

听黎子流唱粤曲

他一出场还未张口，就响起了满堂彩。

我看见他，放下了曾任广州市市长的经历，忘却了 84 岁的年轮，以一位粤剧发烧友的姿态，站在珠海大会堂的舞台上。

也许他觉得，为民生谋幸福与丰富群众文化生活是一样的奉献。

我听得出，他唱得很内行。

同国家梅花奖得主琼霞合作一折《鸾凤分飞》，他的陆游似乎并不比唐琬逊色。

唱得有板有眼，字正腔圆，形神兼备，情深意切。

让我忘了他的身份，仿佛他也是粤剧大老倌。

不过，他的又一个身份可是真的大老倌，叫作“振兴粤剧基金会会长”。退休 20 余年来，他多方奔走呼号，为这项“世界非物质文化遗产”的振兴而身体力行。

我看见，在他的声情并茂中，如潮的掌声拍打着偌大的厅堂。

我情不自禁，把我的激动加入沸腾的浪潮中。

加入“南国红豆”发枝、开花、结籽的欢呼中。

（2016年9月1日）

第六辑

芸芸众亲

轮椅上的飞奔

一个骑着两个轮子奔跑的人，跌坐在轮椅上。

都是两个轮子。往日两只脚踏着它飞奔，如今两只手转着它散步。

他是在飞奔中跌倒的。

不飞奔，就不会跌倒。哪怕飞得稍微慢一些，或许也不至于跌倒。

可是他不。他知道，快递的责任，就是尽快让一颗心到达。

即使坐在轮椅上，他的心仍然在飞。今天安静地坐着轮椅，就是为了明天照样疾飞。

给钟上紧发条，给心上紧发条。今天让两条伤腿同时间赛跑，明天，就能让快件同时间赛跑。

不是为了别的，不是为了博得喝彩，或者换得广告。

讲得大些，是为了客户的等待。

讲得小些，是不得不，为三双筷子和一只书包。

（2014 年 12 月）

楼层清洁工

带着不便清扫的身体，古稀之年来到城市。

日复一日，打扫时光，以及时光的遗弃。

凭一把劳累大半辈子的骨头，不愿接受子女的供养。宁可忍受物业公司的苛刻，领取没有保险的低薪。

潮涨潮落的汗水，在工作服上绘制变幻的地图。却让楼层与梯道，光洁如镜，一尘不染。

整栋楼的人上上落落，每天都与他擦肩而过。很少见有人对他点头或招呼，只当他是自动转圈的机器。

有一天，人们突然记起这个不知姓名的老人。

地面上，正绽放烟头与纸屑的花朵；楼梯间，弥漫着无法掩盖的臭味……

想念是如此迫切，似乎他比谁都重要。

不可或缺。

（2017年7月13日）

社区志愿者

从武汉归来的一家人，就住在我们楼上。

需要居家隔离14天。同房门、电梯、菜场与超市隔离14天。

隔离不了的，是整栋楼除自家之外28层111家邻居的担心与恐惧。

每天我都可以从窗口，看到一个似未见过的姑娘走进楼门。

手提的塑料袋里，看得到的是青翠欲滴的青菜，看不到的是可想而知的物品。

有业主在微信群里说，见到她乘电梯上到那个不必说穿的楼层，把袋子放到指定的门口。

我想她的心中，一定也有不可避免的害怕吧？

不过，她只是用一只医用口罩，隔开难免会有的恐惧。

而以坚定的脚步，连接了隔离不了的爱心。

尽管那只人所共有的口罩，隔开了我认出她本来面目的愿望；

幸好隔不了的，是她的青春与美丽，可亲与可爱……

（2020年2月24日）

修鞋师傅

终于找到了街角那顶烈日下的帐篷。

递过一双残缺的鞋，请修鞋匠修补。

在高楼商厦间，找到他不容易。其实，他等到我也不容易。

生意很清淡。我见到他时，他正悠闲地靠在躺椅上。

许多人的鞋子都不想修补了，说不如去买新的。

能用的东西丢了总是可惜。我这样想，不管是物品，还是情感。

我觉得修鞋匠同我一样。

不然，他就不会愿意这样执着地等待。

他知道，我也知道——

总会有一些需要修补的生活。

还有，一些需要修补的人。

（2019年）

雨天来客

惊雷与暴雨包围了城市，四周的街道成了护城河。

一幢幢城堡，孤岛般屹立。大雨封门，别人应是很难攻得进来。

我不得不守在屋里。

突然，“咚咚咚”！几下洪亮的来访声敲开了我的家门。

这时候，怎么还会有人来？他又怎么还来得了？

一个陌生人站在门外。他身上的雨衣，还在忍不住滴水。

见到他手中那一袋肉、蛋、青菜，我明白了。忙对快递小哥表示感谢。

“这么大的雨，太不容易了！”我叹了一声。

“不用谢！再大的雨也要来的。”他答了一句。

无论怎样难攻的碉堡都能被他拿下。

我那坚硬的心，怎么也守不住了。

（2019 年）

这些人

平日，他们走在大街上，同你擦肩而过，你无法认出他们。

也没有必要认出。

当下，他们在“火神山”，在“雷神山”，在“金银潭”，在武汉以及全国各地医院的发热病房里，也无法被人认出。

口鼻被口罩掩藏，双眼被护镜遮挡，全身被蓝白色工作服包裹，连头发也被帽子禁锢了。

甚至他们的父母与孩子，妻子或丈夫，见到日夜挂念的他们的身影时，也未必能认出。

他们太相似了。从里到外，如同一人。

只能在屏幕上看到他们夜以继日忙碌的身影。

像一只陀螺转得不记得日历的身影，像一台永动机疲累得不知道疲累的身影。

为了在疫情肆虐中抢救生命，他们宁可消耗着自己的生命。

我们这些居家的人，衷心感谢与敬佩他们。

想认出他们，认出他们中的许多个，甚至哪怕一个，都很难做到。

他们是许多人，又似乎是一个人。

那么高大、端庄、健壮，那么可爱、可亲、美丽。

他们又那么平凡。走在大街上，同你擦肩而过，你也无法认出。

（2020年2月3日）

快递小哥

我们宅在家中的时候，快递小哥却无法宅在家里。

他得在外面跑。他不得不跑。

千家万户等着他跑，一个个小区等着他跑，一整座城市等着他跑。

用一辆三轮小货车，满载着食品、药品、洗涤用品和各种日用品，汗流浃背地跑。

按规定进不了大门，就把一件件、一包包、一箱箱物品在小区门口摆开。

从鱼肚白的天空跑到万家灯火，从风吹日晒跑到倾盆大雨。

不听预报的大雨到来时，他们就撑开有备无患的大伞。宁可浑身湿透了自己，也不能让快件沾水……

有一天，妻子接到快递小哥的来电，叫我到小区门口去领取快递。

有那么多家快递公司，叫我去找谁呢？

“啊，就是经常送货上门的那位，你认识的呀。”妻子说。

小区门口摆满了货品，有多少家快递公司，就有多少个小摊。

哪里认得出谁是谁呀？好在报出了楼号、房号、手机号，才终于找到了物品。

只见一个个快递小哥的脸，被同样的口罩遮挡着。

一样的疲倦又不知疲倦，不同的面孔又相似的面孔。

实在认不出那位本来认识的小哥，只知道一个个口罩遮住的，都是——

一样的好人。

（2020 年 2 月 24 日）

小小志愿者

全楼的人都认识这个小孩。红衣裳，头顶拨浪鼓鼓槌般的小辫。

往日碰到她是在电梯里。沉重的书包似要压倒七八岁的肩膀。

现在她成了小网红，在业主微信群频频亮相。

一次次捧着快递送来的邮件，放到一层层楼的房门外面。

有的邮件较小、较轻，也有的箱子比书包还重。

汗水浸湿了她的口罩，却打不湿她的快乐与责任。

我知道疫情防控期间，大家不得不宅在家里。

小区大门凭证通行，快递小哥也进不来。

一件件包裹堆在小区门外，而复工下班的人就得摸黑认领。

好在她妈妈推车把邮件拉到楼下，她就乘电梯一家家分送。

一句句点赞在业主群里反复粘贴：“中国好邻居！”

我也情不自禁，跟着加上一句：“中国好后代！”

她妈妈是社区志愿者，而她的名字还在名册之外。

群里有人问她为什么会这样做，她却没有回应。

我只好答非所问，替她补交了作业——

“难道没有义工证，就不能当好人？”

（2020年2月）

发小传单的年轻人

一位学生模样的小伙子，站在寒风凛冽的街头，向路过的我，递来一张小传单。

已是南国最冷的时节了，在他眼中却算不上什么。

他说他来自山西农村，在江西读了大学，又来到这座城市寻找相对的温暖。

现在的身份，是一家新开业超市的临时工，向行人发出了不乏热情的邀请。

我接过了这份邀请。

我知道，即使这么一份临时的工作，也是来之不易的。

我坐车如约来到这家超市。

他显得很高兴，我也感到了欣慰。

虽然我不需要什么，也不妨买一点物品。

我的到来，只是想给他一点微薄的支持呀。

每多来一个人，就可给他增添一点——

小小的业绩。

（2019 年 12 月 5 日）

打拳夫妻

打拳爷爷和打拳奶奶。

——这是我的孙儿对他们的称呼。

小区里的爷爷奶奶太多了，又不知姓甚名谁，只好按他们的特点来叫。

我的孙儿的命名，还是很贴切的哦。

每天太阳升起的时候，他们就准时出现在小区花园。

只见他们提手，蹬脚，拗步，托掌，穿梭，转身，一招一式是那么优美。

更令我称羡的，是他们的动作一致，整齐协调。

一起“野马分鬃”，一起“白鹤亮翅”，一起“金鸡独立”，一起“弯弓射虎”……

不知他们一起拳打脚踢了多少年的岁月？

不知他们是因相同的爱好而走到了一起，还是因走到一起才培养了相同的爱好？

如果先打拳后结合，就叫志同道合。

如果先结合后打拳，就叫鸾凤和鸣。

或叫夫唱妇随，也可能是妇唱夫随。

对于世间美满的生活，总是有许多美好的词句来形容。

不过我想，再多美好的词句，都比不上他们美满的存在。

（2018 年 5 月）

抖空竹老太

黄昏，楼下的小草坪，一位老太太在抖空竹。

以前，我只在杂技舞台上看过抖空竹表演，没想到身边也有人会玩。

这位 80 多岁的人也会玩。

头上的银发与灵活的双手，竟然意外地相称。

双手拿着的小木棍，一手提，一手送，不断地抖动。

那只空竹，在绳子上翻动、旋转，一会儿又高抛了起来。

她又轻巧地接住，还配合着扭动的姿势。

这时已是黄昏，并没有人围观。

没有人喝彩，没有人点赞。

她也不在乎有没有人观看。

她是给自己抖动的。自己给自己表演，自己为自己娱乐与健身。

我从楼上伸出头来，静静地欣赏。

听见空竹在旋转中发出轻微的鸣响。

似听到有人在敲击暮鼓，也有人在敲击晨钟。

（2018 年 3 月）

推轮椅走路的老人

这辆轮椅，几乎每天早晨都会碰到。

它是同太阳一起出现的，同阳光一起灿烂的。

这个说法，也许不够严谨，因为阴天它也出来。即使大雨过后，树叶上还在滴水，它也会在林荫道出现。

那位本应坐在轮椅上的老头，却站在车后，推着轮椅向前。

旁边是一位老太太，注解着“老伴”的本义。

时间走得很慢。车轮转过一圈，需要10秒或更多。

步子当然更迟。轮子动了，脚步才能跟上。

真担心他会跌倒。从老太太的眼神中可以看出。

不过从不见跌倒。从老头的眼神，看出更多的是信心。

一年了，我看不出他的锻炼有哪些成果。进步或许是有的，但被我的迟钝掩盖了。

但他们并不在乎我的评价，好像只是把走动当作目的。

其实，也会有些日子我们没能相遇。

不是他们没有出来。而是我的坚持，有时会打折扣。

（2018年6月）

陌生的熟人

我抱着孙儿走上车来，面对着一片无法领受的尊敬。
好些坐着的人一齐起立，无言地响起“请坐”的声音。
我连忙一边感谢，一边摆手。
表示只过两个站，站一会儿没有问题。
靠得最近的年轻人，一把扶我坐下。
我不能不坐，这样才能回报对他们的尊敬。
——因为我不坐，好些人就继续站着。
两岁的孙儿，也熟练地报以“谢谢”。

我与孙儿常常遇到这样的情景。
让我一再感动，又有点不安。
那些好心人，让我觉得是那么熟悉。
只是一个个脸孔，又是那么陌生。

（2017年7月29日）

第七辑

小区笔记

小区里的树

小区里竟然长着那么多的树木。

有早就相知的老榕、小柳、棕榈、蒲葵、凤凰花与鸡蛋花。

还有相逢却不相识的面包树、盆架子树与桃花心木。

——要是树身上不亮出它的名片，我们永远就只是陌生的路人。

它们不论年龄，不排辈分，不谈资历，不讲出身，不问来路。

不讲颜值，也不分贵贱。

喜欢开花的开花，愿意结果的结果，即使只长叶子，也悉听尊便。

风来一起梳头弯腰，雨来一起淋漓尽致。

有时也见交头接耳，进行友好的交谈或讨论。

虽然不免要争抢阳光，也属规则之内的竞争。

我在树丛间走着走着，似乎会走失自己。

真想就在此迷路，不想退回到人间。

（2017年7月15日）

窗外的世界

窗口对着一座山。前面是绿色的树林，后面又是灰色的远山。

一条街道，把我与山隔开。

时光与车流，从我与山之间穿过。

孙子喜欢在窗台上，看车子的流水来回奔流。

看着看着，从怀抱看到站立，从出生看到上幼儿园。

只是那座青山一动不动，同我们静静地面对。

我们喜欢看到什么年月，它就站到什么年月。

（2018 年 10 月 16 日）

快　递

不知什么时候起，快递公司成了与我联系最多的人。

两三天一次，甚至一天两三次，给我发来短信。

我就手握密码，去打开小区门口的包裹箱。

有时是衣服、鞋袜；有时是水果、山货；有时是沐浴露、洗洁精；

有时是登有拙作的刊物、友人新出的诗集，以及包不住的问候……

不知从什么时候起，我越来越喜欢快递公司了。

它带来的总是好消息，没有一次例外。

尽管有些是用钱买来的。

但也有一些，是用多少钱——

都买不到的。

（2018 年 2 月 28 日）

救 护

小区花园的林荫道上，突然出现了一辆汽车。
按规定，小区的地面，是不能行驶或停车的。
车子进了小区门口后，就得驶入地下车库。
10 年了，小区道路上，从来没有过车轮的辙印。
不过这次驶入的，是一辆救护车。
作为一次特例，它有打破常规的理由。
我来到跟前时，一副担架刚从楼里抬出。
所有围观的目光，流露出理解、同情与关心。
担架上车时，我插不上手，只用眼光参与了搀扶……

救护车很快就开走了，留下了两道浅浅的辙印。
这是小区道路上第一次有车轮的印迹。
似是两条花边，镶在林荫与花丛中。
作为一个特例，又深深地印在我的记忆里。

（2018 年 2 月 28 日）

幸 运

傍晚，小区的路上，走着两个老人。
一个是我，一个是比我更老的人——我的岳母。
我陪伴她，到儿子家吃晚饭。
一家四代，分住在同一个小区的两处。
一处是我们与岳母，一处是我的儿孙。
她走得很慢。10 分钟的路程，她要走成三倍。
我也就拨慢我的时针，陪同她一起缓慢。
路上有人来问：“老奶奶 80 多岁了？”
“91。”她答得轻松，我答得响亮。
“哦！”听的人一声感叹。

这时，我停下步来，仔细品味着简单的幸福。
并无声地感谢，陌生的路人的——
分享。

（2018 年 3 月 2 日）

尊　重

我在小区的路上行走时，就把双手高高举起。

手势如同 10 点 10 分的时针，动作是不是有点古怪？

一次走 200 步，停一下，再走 200 步。

早晨送孙儿上幼儿园来回做两次，下午接他来回又做两次。

有空在小区散步，再做两次。

对治疗肩周炎有好处，我做了几个月，大见成效。

开始时，只在偏僻小路走，后来就走上了林荫大道。

走起来旁若无人，其实道路上人不少。

人们迎面而来，又与我擦肩而过。

没有人惊讶，没有人发笑，没有人窃窃私语或指指点点。

我明白，各人都有各自的生活。

对多彩的世界早已司空见惯。

对各人的爱好与习惯，即使是奇怪的动作与姿势，也不再会——

少见多怪。

（2018 年 3 月 1 日）

怜　悯

小区里的猫，突然多了起来。
在道路上追逐，在灌木丛出没，在草坪上嬉戏。
是从哪里来的？
物业管理处的布告给出了答案：“不要给流浪猫喂食。”
哦，难道要让它们在我们小区被活活饿死吗？
要把它们，从我们小区赶尽杀绝吗？

我不知物业管理处的布告有什么根据？
不知它的决定有没有道理？
我只能悄悄装一些剩饭与骨头，放在垃圾箱旁边。
——并不是有意跟管理者作对。
我只是不想让它们在人间遭逢更多的苦难。
只想给它们一点力所能及的——
温暖。

（2018 年 3 月 2 日）

信　任

一场不听预报的雨，劈头盖脸打来。

令猝不及防的我，一下子被淋得透彻。

脑中突然冒出鸡的影像，尽管还没有落汤。

不得不丢掉半世之龄，以“归来仍是少年”的姿势，亡命疾奔。

冲进一间农业银行的营业部时，才终于喘了一口气。

大堂经理让我在沙发坐下，还指着门边的伞：“有需要吗？”

“那太好了。不过我没随身带身份证。”我说。

一个摇头，又一个微笑——她回应了我。

甚至也不必写借条，就让我把伞撑走了。

回到家后，我又迫不及待把伞送了回去。

大雨还在泼着，我的心已一片干爽。

等不到大雨停歇再来，也许还会有别的人需要这把伞呀。

更何况，既然得到了信任，就要——

对得起信任。

（2018年6月4日）

小区里的面包树

现在才发现，我已经在这个住宅小区里，与这些面包树“同居”三年了。

在我住进来之前，它们在此已固守多年，一直同小区居民们毗邻而居，不离不弃，又互不过问。

只知它身高叶密，站在人行道旁可美化视线，站在酷暑中可遮出阴凉。

它阔大的叶片，一把绝好的蒲扇。女人拿来遮阳，小孩用它挡雨。

现在看到树上累累的果实，一问，才知它竟是大名鼎鼎的面包树。

据说它是天然面包厂。果实含有大量淀粉与维生素，营养很丰富。

把果子从树上摘下，放在火上烘烤，就是松软可口、酸中有甜的美味。

我忽然想起艰难的少年时代，曾在地理书上读出了对它的渴望。

那时，为了充饥，我吃过糠包、豆腐渣、香蕉皮，甚至红树林的种子……

如今，面包树就在面前，却无人赏识。

让它熟透的果实，一颗颗坠下，烂在草地……

是不是这小区的人们，也都和我一样？

躺在富足的日子上，不再担忧舌尖与肚皮。

已是无欲无求的境地，不再追求未知的新鲜。

你和我，无论熟悉与陌生，一样擦肩而过……

（2017年7月3日）

台风后的树木

一大群伤员，散落在小区花园里。

这些伤残人士，全都属于树家族。

有常见的榕树、棕榈、蒲葵，稀有的面包树、盆架子树、桃花心木，开花的凤凰花树、木棉花树、鸡蛋花树，还有一些不识其名，不知来历的。

有剃光了头的，有撕破了衣服的，有断了胳膊折了腰的，还有连根拔起的。

这次的台风太厉害了。

见惯了世面的老榕树捋着胡须说，14 级的强台风，已经近 60 年没见过。

不过，它们只是受害者，并不是失败者。

台风一走，拔起的立住了，歪倒的站直了，折腰断臂的截肢保住了，轻伤的自己愈合了。

只过一两个月，就自我医治，华丽转身。

就在截肢处，有的绽出了新芽，有的冒出了头发，有的穿上了新衣。

再过些日子，就会在半空中，飘出遮天蔽日的一朵朵绿云来。

当然，那些疤痕还在。

保留着，只是为了，不要好了疮疤忘了痛。

（2017 年 11 月 10 日）

那只宣誓的左臂

那只宣誓的左臂，其实是一只“截肢”。

本来应该用右臂的，可是右臂没有了。

它从一棵伤痕累累的树上伸出，举起了一场鏖战的惨烈与悲壮。

这棵树，遭到厄运已不止一次了。

几年前，就曾被台风拦腰截断。三年后，终于把重生的双臂举过头顶。

这一次，又在与台风的恶斗中损失惨重。痛失右臂后，左臂又被砍掉了一半。

我从这棵树下走过时，深感到世事的险恶，与命运的不公。

但是有什么办法呢？许多事，都不能由自己来决定。

如果你不想在大地上轰然倒下，就得用年轮记下你不甘的同时，义无反顾地举起你的手臂。

即使没有右臂，也得把左臂举起；即使截肢后只有半节，也要举得高高的。

把你的誓言公开告诉世界。

也默默地告诉自己。

（2020 年 8 月 19 日）

小区乐园

小区的儿童乐园没有季节，每天都是春天。

孩子们的笑脸像一朵朵鲜花，同快乐的欢呼一齐绽放。

有多少幼童，就有多少退休老人，爷爷或奶奶。

老人的数量肯定更多一些，有的孩子身旁会跟着两位以上的家长。

小家伙在秋千上飞翔，在滑梯上出溜，在童车上奔跑，相互追逐与打闹。

老人们或站或坐，用一道道慈祥的目光，牢牢地牵着各自的宝宝。

他们三五成群，谈笑风生，交流着幸福的滋味。

是的，我也是群中的一位，幸福的拥有者与分享人。

儿童乐园长年没有变化，只是每隔一段时间，主角们都会换人。

比如我，几年前先是推着童车上的孙子旁观，很快他就在园中蹦跳；似不多久，他已是一年级小学生。

现在的小主角是他的妹妹，一位滑梯爱好者，刚进幼儿园小班。

幸福的老人，人在换，不换的只是笑逐颜开的脸。

人会长大或变老，春天不会，欢乐不会，幸福的味道也不会。

不会换掉的，还有滑梯与秋千架。它们默默地站着，看着，为人们的幸福做着见证。

（2020年）

这一个春节

我知道，这时的超市真“超”了，比往常更超。

比任何一个日子更超，比任何一个节日都超。

把货架摆满，把商场堆满的货物们，打扮得花枝招展、鲜艳夺目。

争先恐后地，不惜自降身价，或者诡异地暗涨身价，变着法儿地将自己卖出。

不过，顾客没有超。要说超，只是它的冷清超出了意外。

往时人头蜂拥，摩肩接踵，让小学生来学习“水泄不通”这个成语的画面，已无法复制，只好屏蔽。

告诉着“新冠”与新春同时到来的现实。

只有一些勇敢的人用口罩武装了头脸，生怕被病毒认出他来……

我是胆小如鼠的人，同今年的生肖相配。

只敢宅在家里，同一次次杀过病毒的电脑做伴。

把超市货架上一些久久不见的稀客，悄悄地约出来（快递小哥把它们送到家门口时，也是此时无声胜有声）。

同电视中的欢天喜地一起，举杯同庆。

（2020 年 1 月 23—24 日）

底 气

众所周知的原因，这个新春，不得不宅在家里。

只能趁着夜深，小区道路上安静无人，才带着影子，到楼下散步。

一盏盏路灯迎面走来。影子一会儿走到前面，一会儿走到后面。

一会儿光明在前，一会儿后路敞亮。

没有影子才是可怕的。

即使我胆小如今年的生肖，我的脚步却淡定地解说闲庭信步。

自信，来于心中有底。

我在这个小区住了多年，知道它绝不会——

无缘无故地断电。

（2020年1月30日）

凝 望

一张孙女荡秋千的照片，捧在我的手中。

两岁的小手，已足够把缆绳抓得稳稳。

身体飘在空中，粉色连衣裙飘在空中。扬扬自得的小脸和嘻嘻的笑声，同微风一起飘荡。

这是春节前刚拍的照片。

可是现在，小区儿童乐园已关闭了。我和她，分别宅在各自的楼栋。

初一过去了，十五过去了。按照好心的提醒，继续稳宅在家中。

凝视着这张照片，情不自禁地伸出我的手指，想去推动秋千的座板。

让它自由自在地晃荡。

让她飘在空中。让她的粉色连衣裙与扬扬自得的小脸飘在空中。

让秋千荡走世间与心间的阴霾。

此时，似有她的笑声与微风，还有花圃的花香一起——

在春天的花园中荡漾。

（2020年2月9日）

木瓜与鸟

楼下的木瓜树硕果累累，挂满了金黄色的诱惑。

不得不宅在家中的人，可望而不可即，无法分享新春的甜蜜。

只见一只小鸟从天外飞来，填补着他们的遗憾。

小鸟用它尖锐的喙，啄开果皮，直取鲜红的内心。

它真不是偷，它吃得光明正大，自由自在，专心致志，气定神闲。

不会有鸟枪或弹弓的夺命惊魂，甚至也没有吆喝与驱赶。

看鸟儿夹紧的双翅，就知它早已放弃了起飞的心思。

看木瓜被挖掘的大洞，就知它储存着多少快乐的源泉……

这时的楼下，描绘着一幅美好生活的画面。

这时的鸟儿啊，你就是——

最幸福的！

（2020 年 2 月 11 日）

头等喜讯

这家理发店，已经关门多日了。

门边红蓝白相间的转筒，空转一些时日之后，终于筋疲力尽停止了转动。

即使春节临近，也不见有开门的迹象。

不止是这一家店停业，由于疫情，全城的理发店无一幸免。

只是那些往时经常拿来与物价相比喻的头发，无论黑白，依然随着时间疯长。

我只好打算，盖着一头长发，准备过年。

这一天，理发店门口突然排起了长队。

无须问为什么，只因早上一条“全城转为低风险”的快讯，瞬间刷绿了所有手机的屏幕。

理发店只是其中一个网红打卡点。

我排在长队的后面，望着一个个戴着口罩的脸上，都同我一样藏不住笑容。

心想，一头烦恼丝将与烦恼一起，随着疫情的远去而远去。

名副其实的新春，真的要到来了。

（2022 年 1 月 28 日）

绿码啊绿码

到处都要扫码，到处都要亮码。

它不是马，却重要过马，重要过奔马、野马、悍马、宝马，重要过一切的马。

在疫情防控期间，在病毒神出鬼没的地域，人们都在呼唤绿码，盼望绿码，庆幸绿码。

担心它随时变色，害怕它变成黄码，甚至红码。

到单位，入医院，上学校，进商场菜市，坐公共汽车，都得把绿码亮出。

回居住小区，甚至自己的楼栋，也不得不有它傍身。

它是健康，是吉祥，是平安，是放心，是可靠、可信、可亲，是比身份证更重要的一种证明。

有了它，一路绿灯；没有它，寸步难行。

有一次，我在需要亮出绿码时，它却迟迟不肯出现。

是此处信号不好，还是我的手机故障？

竟然一下子，我成了“可疑”的人。

越是焦急，越是手忙脚乱。慌得身出汗，急得火烧心。

幸好身边的热心人伸出援手，才帮我挖出了隐藏至深的图案。

这才大松一口气，仿佛找到了久别的亲人。

绿码啊绿码，我愿与你同在，愿与你同行，愿与你如影随形，不再离分。

更愿有天不再需要你——天下无恙，畅通世界及人心。

（2022 年 3 月 16 日）

第八辑

青春脚印

这一片土地

我站到了50年前。

站在20世纪60年代中，解放军建起的“八一大堤”与防洪副堤在大林山下的交叉口。

左边是大堤，右边是副堤。

我上一次站在这里，已相隔了整整50年。

1968年冬到1970年春，我是126师378团学生6连劳动锻炼的大学生。

从1963年9月至1965年年底，解放军在白藤山到大林山的茫茫大海上筑起了这两道长堤，围起的22000亩的地盘上，用稻浪滚滚改写了白浪滔滔。

我曾受命写下了《白藤基地创建史》，一部血肉铸成的英雄主义的壮歌。

我也曾在这一片土地上摸爬滚打，在“春插”，在“双抢”，在“秋收”，挥洒了我的青春。

哦，许多人不知道“双抢”，那是抢夏收，抢夏种，抢时间，抢进度，抢季节，抢天气，或说抢命。

有在田头连续作战一天24小时，每4小时送一餐饭的紧迫。

有用塑料纸捆紧双腿，以防皮肤溃烂与蚂蟥吸血的惊慌。

有为调剂身体的疲软，凌晨在野外放电影，而鼾歌声盖过了剧中声的乐趣。

有了在这片土地上脱胎换骨的磨炼，50年了，也有了什么苦难都已不在话下的底气……

再站到这交叉路口，已是50年后。

一切都不一样了。

好在路口后面，一座“八一军垦纪念塔”傲然耸立。

告诉我曾经怎样走过来，还应怎样走下去。

（2019年9月11日）

我的青春曾在这里驻守

珠海经济特区成立 35 年了。许多“开荒牛”在闲聊谁来了多少年，谁来得更早。

我说，我早在 46 年前就来过了。许多人不信，当然我信。

白藤、大林、小林、灯笼沙，都不认识我了，没有一个人可以为我证明。

不过在这里，确实安放过我 23 岁的青春。

1969 年的 365 个清晨，我都坐在 126 师 378 团学生 6 连的操场上，收听大喇叭里的新闻广播。

脱下学生装，穿上没有帽徽领章的军服，可惜谁也不承认我的军龄。

迎着凛冽的海风，用稻草和泥，垒起我们的营房。那时最向往的，是劳动时能有一条棉短裤。

酷暑，连续 24 小时在田头，抢收抢种。每 4 小时吃一餐饭，每晚看一场电影。

当然，银幕下，卧倒了一大片，梦呓与鼾声此起彼伏。

也曾战台风，斗海浪；也曾射击、投弹，摸爬滚打；也曾半夜紧急集合，打起背包穿越夜幕与山风……

现在，我已在此定居一年，被称作新珠海人。我也不再认识白藤、大林、小林、灯笼沙。

那两万亩围海造起的稻田，现在只生产高楼、厂房、旅游景点与欢歌笑语。

对于珠海特区，我还未为它流过一滴汗，更不要说血。

不过，有几张发黄的黑白照片，也可以见证：

在这片土地上，我也开过荒，也曾经是一头咬着牙、拼着命、吃过苦、出过力的牛。

（2015 年 8 月 29 日）

幸存的文物

没想到378团大礼堂还在!

当年，378团的机关与直属连队就在大林山上。

那些50年前用茅草与泥巴搭起的营房，早被时光删除。

我在团部写材料时住过的招待所，早就难寻旧迹。

给我拍过两张照片的军人服务社，早已光荣退休。

难得大礼堂还在。

用花岗岩砌起的墙角与柱子，坚强地挺立。水泥板撑起的平顶，以韧性对峙着风雨。斑驳的砖墙，沧桑满面，却漾出了笑纹。

我同它相认时，不禁涌起照例的悲怆，又泛起了意外的惊喜。

在空洞洞的大厅大喊一声，竟然回荡起岁月倒流的回音——

那是动员与誓师会上万众一心钢铁般响亮的声音；那是联欢晚会上鼓掌与欢呼如雷的声音；那是各连队拉歌时海潮般此起伏彼的声音……

50年，多少人、多少事、多少物，都已雨打风吹去。它幸存下来，真是太难得、太珍贵了。

本来，我想给文物二字打上一个引号，后来发现这符号完全多余。

它本来就是一个革命胜迹的存在，一部无法被改写的历史，一个不可复制、不应湮没的无法定价的所在。

当有一天，一条红色旅游线从这里穿过，它会拨开岁月的烟尘。

挺身而出，现身说法，讲出后人不知的豪迈与荣光。

（2019年9月11日）

它叫红旗医院

我不认识这座医院里这些高大上的楼房与广场。

只认识这块白藤山下的土地。

广场上一块碑记上刻着，这里的前身，正是6856部队卫生所，即126师医院。

这支英雄的部队，20世纪60年代初，围海建设了22000亩良田，每年为部队提供了几万吨粮食。

50年前，我是126师378团学生6连的学员，大学毕业后在这里劳动锻炼。

抽调到师部生产基地写作组，采写白藤基地创建史。

也曾来到这里看病。给我打针的是一些十五六岁的小护士。

白大褂掩着的绿军装的领章上，两面红旗在我眼前闪着耀眼的光芒……

如今我穿越50年的风雨来寻故地。

惊喜地发现，这座医院还在。

模糊的记忆一下子清晰起来。

它已不可能再认识我了。当年风华正茂的书生，已是古稀老人。

好在我认识这块土地。在这里，医院还是医院，还是6856部队留下的医院。

它铭记着这一点，很让我欣慰。

我的眼前，又闪耀起被白大褂掩着的绿军装衣领上的红旗。

现在，它就叫红旗医院。

我想，它应该，而且可以名副其实。

它会传承并不会辜负它的前身，成为——

医院中的红旗。

（2019年8月25日）

寻找旧营地

我来寻找当年的营房。

378 团学生 6 连，就驻在防洪副堤的脚下。

这一天，我乘坐友人的车，从大林山向白藤山进发。

车子啊，你慢慢地跑，让我仔细来辨认。

只见副堤里面，到处是一幢幢楼房、甜津津的甘蔗林及香气扑鼻的水果园。

再也没有茅草棚了。更不会有 50 年前的茅草棚。

1968 年冬的茅草棚，就是我们亲手建起的。

用秋收割下的新稻草做房顶；用一条条竹竿做支架；把稻草与泥巴和在一起，搭在竹架上糊成墙。

那是寒风凛冽的冬日，卷起裤腿搅泥巴、捞稻草。赤脚踏在冰冷的泥巴浆里，心里面一直在唱："北风那个吹呀吹……"

最浪漫的念头，就是希望此时能有一条棉短裤……

现在，即使再尖锐的眼睛，也找不出当年的蛛丝马迹。

车子停下来，在副堤对面远处的小林山，大概就是这个方位了。

我在这里，眺望远逝的青春，接受因找不到昨日而带来的沮丧。

是的，如果还有50年不变的茅草棚，那这近40年的变迁——

就白费了。

（2019年9月12日）

一篇旧作的新生

1963年，面对广州军区首长，全国战斗英雄、126师副师长杨海水在地图上画了一个圈。

一场波澜壮阔、气壮山河的围海造田战斗打响了。

365天的寒来暑去、潮涨潮落，烈日、暴雨、台风，几千官兵与上千民工的汗汁血水，不可胜数的英雄人物与感人故事，凝筑成划过斗门白藤山到珠海大林岛的海面的长堤。

一条17里长的“八一大堤”和一条22里的防洪副堤，巍然屹立。

又过一年，一个拥抱22000亩良田、年产几万吨大米的生产基地，就这样诞生了。

1969年，这一个个惊天动地的场面与震撼人心的人物，走进了我——一位在部队锻炼的大学毕业生的采访本里。

从老战士到42军副军长杨海水，官兵们给我讲述了难忘的往事。老照片、旧传单与广播站的来稿，向我倾诉了真挚的情感。我年轻的心，奏响了一曲英雄主义的壮歌。

一份20000字的《白藤基地创建史》，在我稚嫩的笔下完成了。

一晃50年，我随部队的调防从广东到了湖南，又因工作的变动从广西到了海南，没想到退休后又回到了珠海。

更没有想到的是，一部《白藤基地创建史》的草稿，突然在我的眼前出现。

10余次的搬家，它竟然也没有失散与掉队。

被虫蛀得千疮百孔的稿纸，并没有丢失史实的光芒。

捧读这一份旧稿，我穿越到了50年前。

白发苍苍的我，仍然被围海造田英雄们的气贯长虹感染与折服。

我把它交给文史委，交给报刊，交给历史与当代。

但愿不能忘记的初心，让我，以及更多人，永葆不老的青春。

（2019年8月）

自题青春照

曾把青春丢在珠海，48 年后，意外在旧相册里相遇。

我站在大林山上，俯瞰 1969 年的风云。

身穿不戴领章的军装，身在军营，却因学生的身份，而没有编入战列。

把远处云飞浪卷的南海，近处围海造出的两万亩稻田收进眼底。

把春天插下的锦绣，夏种淋漓的汗水，秋天收割的丰收，放在心间。

只是，看不出顶酷暑、战台风、斗蚂蟥，甚至 24 小时奋战在田头的苦乐，那是用一掬微笑轻轻抹去了。

昂起头挺着胸，以军人的姿势与战斗的豪情，令一切伤痕全都败退。

我把这张旧照片，夹进了新相本。

青春隐退了，留下了青苔。风度翩翩不见了，翩飞的只有落叶。

当然没有青春痘，因为当年也没有，现在只有它的续集——老人斑。

不过，遇见闪回的青春，还是让我很高兴。

提示着，相隔 40 多年，我与珠海的缘分。

提示着，我也有过的青春。

有人点赞：看不出你当年也是帅哥噢。

其实他也应明白，每个人的青春，都是那么帅。

（2017 年 6 月 28 日）

第九辑

红色三杰

苏兆征

林伟民

杨匏安

红色三杰

（朗诵剧）

蔡 旭 钟建平

【旁 白】

那时候，乌云滚滚，黑风阵阵，中华民族头上顶着三座大山。

那时候，风起云涌，波澜壮阔，南湖航船已经开启革命航程。

那时候，是20世纪20年代至30年代。

中国共产党领导的工人运动、农民运动、武装斗争，正汹涌澎湃。

国民党反动派发动的反革命政变，用共产党人与革命群众的鲜血染红了大好河山。

在雄奇壮丽的历史画卷中，有珠海儿女的精彩一页。

在可歌可泣的革命史诗中，有珠海儿女的光辉篇章。

在闪闪发亮的灿烂星空中，有珠海儿女的不朽姓名。

其中，有著名的珠海“红色三杰”。

他们的名字——

叫苏兆征！

叫林伟民！

叫杨匏安！

【苏兆征】

我是苏兆征，1885 年，出生在淇澳岛东溪坊一个贫苦农民家庭。

【林伟民】

我是林伟民，1887 年，出生在三灶岛鱼月村同样贫苦的农民家庭。

【杨匏安】

我是杨匏安，1896 年，出生在南屏北山村一个破落茶商家中。

【苏兆征】【林伟民】

少年时代，我们在家里下田、砍柴、捕鱼、放牧。

【苏兆征】

淇澳岛反帝斗争光荣传统，给了我反抗压迫的火种。

【林伟民】

我原名林兴，立志为民干一番伟大的事业，改名为伟民。

【苏兆征】【林伟民】

后来，我们来到香港，分别在外轮上当杂役，饱受洋人与工头的盘剥与欺凌。

我们结识了孙中山，加入了同盟会，投身于民主革命。

受到苏联十月革命的影响，深信只有革命，才有工人的解放与翻身。

【杨匏安】

这时候，我从日本游学与打工后回国，先后在澳门与广州任教。

1919 年，我在《广东中华新报》《珠海评论》等报刊开专栏，登文章。

发表《马克思主义》等 40 多篇文章，有 10 多万字。

介绍新文化，宣传马克思主义。

俄国布尔什维克所主张之共产主义，最得平民劳动者的欢心!

【旁　白】

作为理论家，他在华南地区最早系统宣传马克思主义。

他是先驱者，在中国最早的一位传播科学社会主义的人。

1921 年，他加入了中国共产党。

【苏兆征】

我们随船走遍世界，深受各国工人运动的鼓舞和影响。

【林伟民】

明白工人要有自己的工会组织，才能适应形势，进行有效的斗争。

【苏兆征】【林伟民】

1921 年 3 月，我们在香港组织成立了中华海员工业联合总会。

【旁　白】

这是中国海员工人第一个真正的工会。

这是中国最早的现代化产业工会。

【苏兆征】【林伟民】

1922 年 1 月，我们举行了震惊中外的香港海员大罢工。

【苏兆征】

我是罢工指挥部总务处主任，后来代理会长。

【林伟民】

初时他是谈判代表，后来我是谈判代表。

【群　众】

增加工资，改善待遇，反对包工剥削！

【港当局】

本港政府是不允许这种罢工行为的。你们罢工，不怕饿肚子吗？

【苏兆征】

要复工，除非完全承认我们的条件。

【林伟民】

饿肚子是我们自己的事情，不用你们担心！

【旁　白】

他们牢记全体海员的嘱托，挫败香港当局和轮船老板的诸多阴谋。

终于迫使香港当局接受了工人的所有要求，为时 56 天的罢工宣告结束。

当局不得不把抢走的工会招牌挂回原处。

成千上万工人敲锣打鼓，燃放鞭炮，欢呼罢工的伟大胜利。

【苏兆征】【林伟民】

1922 年 5 月 1 日，我们出席了在广州的第一次全国劳动大会。

【旁　白】

随后，林伟民风尘仆仆，四处奔波，推动各地的工人运动。

【林伟民】

我到了上海，指导成立上海海员工会，并担任主任。

1922 年 8 月，领导了上海海员同盟罢工，改善了工人的生活待遇。

【旁　白】

正在此时，他的妻子在广东病重，来电来函催他回去。

【林伟民】

形势紧迫，斗争复杂，紧急关头不能离开啊。

不久噩耗传来，也只能强忍悲伤，坚守战斗岗位。

【旁　白】

1924 年春，他到莫斯科出席国际运输工人代表大会。

在此期间，加入了中国共产党。

10 月回到广州，出任中华海员工会广州总办事处主任。

1925 年春，苏兆征也参加了中国共产党

【苏兆征】【林伟民】

1925 年 5 月 1 日，我们出席了在广州的第二次全国劳动大会。

【苏兆征】

我担任总工会执行委员，他被一致推举为中华全国总工会第一任委员长。

【群　众】

我们欢呼，中国工人运动有了领路人。

他们，是全国工人拥戴的工运领袖。

【杨匏安】

1923 年，我也开始参加工人运动。

深入石井兵工厂，组织工人的秘密团体。

来到铁路工人中，进行宣传发动。

1924 年，正是国共合作时期。

在孙中山支持下，我担任了国民党中央组织部秘书。

后来，还担任过代理中央组织部部长。

【旁 白】

1925年5月30日，上海爆发了反对帝国主义屠杀中国人民的“五卅”爱国运动。

中共广东区委决定，发动香港工人和广州洋务工人的大罢工。

【杨匏安】

我，同邓中夏等人来到香港，会同苏兆征等人进行策划和发动。

【苏兆征】

我，在香港组织发动工人罢工。

【林伟民】

我，在广州做好筹备工作。

征用一批烟馆、赌馆与空房，作为安置罢工工人的宿舍。

筹集一批经费，购置粮食及生活用品。

【群 众】

6月19日，轰动世界的省港大罢工举行了。

【苏兆征】

香港海员、电车、印务工人首先罢工，各行各业工人纷纷响应，从香港回到广州。

半个月内，达29万人。

我们还组织了 2000 人的工人纠察队，封锁香港。

【旁　白】

广州沙面洋务工人及其他工种举行罢工，学生同时罢课，广东各界巡行大示威。

6 月 23 日，英国士兵开枪镇压广州游行队伍，造成伤亡惨重的沙基惨案。

省、港人民的反帝浪潮更加高涨。

【林伟民】

我主持了罢工工人代表会议，成立罢工委员会。

推选苏兆征为罢工委员会委员长，兼财政委员会委员长。

【杨匏安】

在省港大罢工中，我曾被港英当局逮捕，更激起了罢工工人的义愤。

释放后，我被聘为罢工委员会顾问。

【旁　白】

在苏兆征、邓中夏等人的领导下，省港大罢工举行了一年又四个月。

繁荣的香港，变成了臭港、饿港、死港。

最终以香港当局与资本家妥协，工人胜利而宣告结束。

省港大罢工，在政治上、经济上沉重地打击了英帝国主义。

对巩固广东革命根据地和准备北伐战争，起了巨大作用。

【群 众】

省港大罢工，领导之坚强，组织之缜密，规模之巨大，持续时间之长，影响之深远——

是中国民族解放运动史上光辉的一页。

是中国工人运动史上空前的胜利。

是国际职工运动史上罕见的壮举。

【林伟民】

就在省港大罢工期间，我的结核病恶性发作，不得不住院手术。

1926 年夏，第二次手术。1927 年春，第三次手术。

【旁 白】

广州“四一五”反革命政变后，环境更加恶劣。

靠着盐船工人的接济，艰难地维持了他的医药费。

1927 年 9 月 1 日，为了工人利益四处奔走的他，再也无法走动。

一支 40 岁的火炬，不幸熄灭了光芒。

这位工人领袖，为中国工人运动，献出了光辉的一生。

【苏兆征】

1926 年 5 月 1 日，我出席了在广州的第三次全国劳动大会。

【旁　白】

会上，又一位中华全国总工会委员长产生了！

由于在全国职工运动中做出的卓越贡献，苏兆征被一致选举挑起了这个重任。

1927 年 4 月，中共五大在武汉召开，他当选为中央政治局候补委员。

6 月，在武汉召开了第四次全国劳动大会。

【苏兆征】

在反动派向我们进攻很厉害的时候，我们却在此开会，这是何等欣喜的一件事。

【群　众】

反对一切反动势力，粉碎反革命大资产阶级一切扑灭革命、镇压工农运动的反动阴谋。

【苏兆征】

无论付出多大的牺牲，中国无产阶级将坚持斗争到底！

【旁　白】

7 月中旬，按照中共中央临时政治局会议的决定，他到九江等地工人中组织发动群众，积极配合南昌起义。

8 月 7 日，中央政治局紧急会议上，他与瞿秋白、李维汉三人被选为中央政治局常委。

12 月，广州起义，他当时在上海，仍然被推选为广州工农民主政府主席。

1928年7月，在莫斯科举行的中共六大上，成为中央政治局五位常委之一。

艰苦严酷的斗争环境，长期忘我的紧张工作，他积劳成疾，并患了阑尾炎。

【苏兆征】

不！祖国的革命事业需要我，正在受苦受难的劳动群众需要我，我要回国，我不能在这里休养！

【旁 白】

1929年2月，全国总工会在上海开扩大会议，他抱病做报告。

会后，他的骨结核旧病发作，生命垂危。

当周恩来等人赶到这家私人医院时，他已奄奄一息了。

【苏兆征】

大家同心合力，一致合作，争取到革命的最后成功！

【旁 白】

邓颖超记下了他最后的遗言。

中央政治局向全党发出通告，号召学习他无产阶级艰苦卓绝的精神和坚决的政治意识。

称赞他是“党的最好的指导者”“全党同志的模范”。

【群 众】

44岁的人生，光辉而短暂。

惊涛骇浪里，是这位海员，带领工人运动劈波斩浪。

大浪淘沙中，是这位先驱，推动革命车轮艰辛前行。

【旁　白】

2009 年，他名列“100 位为新中国成立作出突出贡献的英雄模范人物”——

是国家与人民，对他的最好的褒奖与肯定。

【杨匏安】

1926 年 1 月，我当选为国民党中央执行委员和常务委员。

1927 年，大革命失败后，又当选中共中央监察委员，后又担任农民部副部长。

后来，受到党内“左倾”领导的排斥打击，也没有改变我对党坚贞不渝的信念。

1928 年，我被派往南洋，在马来亚（今马来西亚）、新加坡开展革命活动。

1929 年回到上海，在中央机关工作，编辑党的刊物。

1930 年，用笔名发表、出版编译著作，宣传马克思主义。

【旁　白】

时间来到 1931 年 7 月 25 日，暗无天日的夜上海。

国民党当局，抓捕了杨匏安。

【匪　兵】

五块的，一张；两块的，两张。

什么？只有九块钱和一副眼镜？

【杨匏安】

这是我一家十口的生活费。

【匪　兵】

哦，这就是“秘字第一号”通缉的“共产党首要”的全部财产?

【旁　白】

这位先后当过国民党和共产党高官的人，身上竟然只有九块钱。

没有钱，真是万万不能啊！他3岁的小女，就是无钱医病而夭折的。

但是他，就这样，带着饥寒交迫的一家人，提着脑袋干革命。

【匪　官】

杨先生，只要你回心转意，高官、厚禄，样样都会有。

【杨匏安】

我才不当这样的狗官，不要这样的臭钱！

【匪　官】

蒋委员长已经九次给你带话了。

【杨匏安】

一百次，也休想让我改变！

【匪　官】

这是蒋委员长给你的第二封信。

【杨匏安】

拿来！（一把把它撕得粉碎。）

【匪　官】

哦，蒋委员长亲自把电话打到牢房里来啦。

【杨匏安】

呸！（一把拿过话筒，摔在地上。）

【匪　官】

不要这样。不是也有你的同志投降了吗？

【杨匏安】

哼！

“慷慨登车去，相期一节全。

残生无可恋，大敌正当前。

知止穷张俭，迟行笑褚渊。

从兹分手别，对视莫潸然！”

【旁　白】

1931 年七八月间，杨匏安被国民党反动派秘密杀害。

他牺牲时，只有 36 岁。

【群　众】

他的英勇事迹和不朽诗文，将永远留在人们心中。

激励我们继往开来，勇往直前！

【旁　白】

今日的中国，蒸蒸日上，欣欣向荣。

今日的珠海，日丽风和，繁花似锦。

林伟民向我们走来，在三灶镇纪念广场上讲解理想。

苏兆征向我们走来，在淇澳岛故居里宣讲信念。

杨匏安向我们走来，在北山村陈列馆里讲述气节。

【群　众】

80 多年过去，珠海“红色三杰”的英名一直被人们铭记。

千秋万载，革命先烈的精神将永远放射光芒。

珠海儿女正在中国特色社会主义道路上奋勇前进。

中华民族伟大复兴的中国梦，一定会实现。

（2021 年 3 月）

附录：

蔡旭著作目录

散文诗集（35种）：

《彩色的明信片》	1987年6月广西人民出版社
《爱之舟》（与潘耀良合集）	1988年12月广西师大出版社
《阳光与花朵》	1989年6月广西民族出版社
《烟火人间》	1990年11月广西民族出版社
《抚摸世界》	1990年12月广西民族出版社
《散步的诗·椰城思绪》	1991年4月南京出版社
《散步的诗·在我心中散步》	1991年4月南京出版社
《童心与父心》	1992年5月接力出版社
《敞开心扉》	1992年5月金陵书社出版公司
《淡淡有味》	1994年10月广西民族出版社
《椰岛踏歌行》	1995年7月南海出版公司
《微笑是最好的美容》	1996年12月四川民族出版社
《蔡旭散文诗选》	2000年5月作家出版社
《蔡旭散文诗选》(中英文对照)	2001年11月银河出版社

《熟悉的风景》	2009年11月广西美术出版社
《温暖的河流》	2010年11月南方出版社
《生活的炊烟》	2010年11月南方出版社
《顺流而下》	2011年1月河南文艺出版社
《生活流》	2012年1月团结出版社
《沉淀物》	2012年1月中国书籍出版社
《伴着椰风轻唱》	2012年10月南海出版公司
《简单的生活》	2013年2月中国文联出版社
《蔡旭自选集——散文诗新作100首》	2013年10月银河出版社
《大波微澜》	2014年1月中国文联出版社
《蔡旭散文诗50年选》	2015年6月复旦大学出版社
	2020年8月重印
《坐在生活的一角》	2016年1月团结出版社
《海之珠　珠之海》	2016年6月羊城晚报出版社
《远处风景近处家》	2017年8月江苏凤凰文艺出版社
《动物与人的世界》	2018年12月四川民族出版社
《蔡旭寓言散文诗选》	2018年12月中国大地出版社
《保持微笑》	2019年5月中国文化出版社
《爷爷在婴国》	2019年7月四川民族出版社
《有故乡的人》	2020年8月百花洲文艺出版社
《像水一样流淌》	2021年10月中国文化出版社
《我和你的珠海》	2022年8月华文出版社

散文集（5种）：

《天伦小乐》	1995年5月南海出版公司
《经不起酒精考验的人是我》	1999年12月中国文联出版社
《圆月照方窗》	2003年7月南海出版公司
《每天都有好心情》	2009年7月光明日报出版社
《一篮往事》	2020年5月中国文化出版社

短论集（5种）：

《小发议论》	1995年5月海南出版社
《绿茵小语》	1996年5月海南国际新闻出版中心
《小题小作》	2001年12月南方出版社
《晚报小札》	2001年12月南方出版社
《散文诗创作手记》	2016年1月河南文艺出版社